青衫巷

周海泉◎著

中国文联出版社

图书在版编目（CIP）数据

青衫卷 / 周海泉著 . -- 北京：中国文联出版社，
2025.1. -- ISBN 978 - 7 - 5190 - 5652 - 0

Ⅰ . I227

中国国家版本馆 CIP 数据核字第 2024NG8944 号

著　　者　周海泉
责任编辑　李　民　周　欣
责任校对　秀　点
装帧设计　中联华文

出版发行　中国文联出版社
地　　址　北京市朝阳区农展馆南里 10 号　　　　邮编　100125
电　　话　010 - 85923025（发行部）　　　　85923091（总编室）
经　　销　全国新华书店等
印　　刷　三河市华东印刷有限公司

开　　本　710 毫米×1000 毫米　　　1/16
印　　张　10.5
字　　数　169 千字
版　　次　2025 年 1 月第 1 版第 1 次印刷
定　　价　65.00 元

序文　风吹神州

飞云弄巧，山城多风雨。我在乡间创立回春堂研究养生，已经十年，幻想去求取海外仙方，不觉时过境迁。深知思尽酉水，忆断玉桥也枉然，知己一人永远杳无归期，惹流水潺潺。记得烛火荧荧，我推开轩窗，屋里没有云母屏风，窗外却有柳上凉月，照我案上素笺片片。在这样的星夜，任凭轻罗小扇遗失在了天阶，指尖飞舞着的是红尘的蝶恋，此时落笔，灵感交集，我可以远离尘嚣，与心中的几位朋友一起浪迹天下，走出书卷结伴而行。

　　天下无双，满眼西风百事非。又染夕阳，青衫憔悴人未回。

　　把梅煮酒，可惜邻居不是我。月字已现，风起九州碧落飞。

——《木兰花》

前尘往事成片，过眼并不如烟。依稀在一片绿茵之上，我们坐看隔河的牵牛与织女，只许我一生的点化，为你写下伏笔作升华，却错过了一弦一柱的年华。我曾经的目标是文创/养生/规划三大项目，但是计划比不上现实的变化。我执笔思考：是书归正传，还是悬壶门庭？上天为你关上一扇门，必然为你打开一扇窗。无论天下人怎么看我，必须做出一个英明的选择？

漏断声里雨霖铃，门扉半掩，有一位朋友打着伞远道来访。朋友提醒：你在旅行社只做了三个月，业绩处于低谷。规划师培训考试合格，却处于失业状态。何不做文创，寻现实之理想？我不由得无限失落，天之禁，飞翎绝杀阵，有轮回，六道转玄机，仗三尺慧剑，割断红尘也伤透了心！

金榜题名，是多少读书人梦寐以求？古代科举流程：院试中秀才，闻名县内！乡试中举人，闻名州郡，地方官会给三分薄面！会试中贡士，飞黄腾达于全国！殿试中状元，相当于国学大师和作家和正部级为一体！入职翰林院，相当于现在的国务院，直登皇榜！

我做了一个梦：仿佛整个京城的牡丹都在一夜盛开了！人们奔走相告，我们高中皇榜，登科及第，名列三甲！是哪三位考生呢？城墙上张贴着布告：

状元：白衣萧郎（籍贯嵩山）

榜眼：青衫客（籍贯武陵）

探花：伴云来（籍贯甜城）

报喜官来了！鞭炮声不绝于耳，响彻我们住宿的整座客栈。我们三人满面红光，互相贺喜，亲密地聚集在一起商议明日上朝之事。白衣萧郎将白衣褪下，穿上大红状元服，还把玉屏洞箫挂在轩窗上面。青衫客也将紫霄铁笛放进枕囊里，穿上榜眼服。伴云来将大罗宝扇放在抽屉上面，穿上探花服。我们三人走出盛世客栈，紧接着春风得意马蹄疾，一日看尽宫墙柳，闻喜宴，簪花会，雁塔赋诗，络绎不绝地请我们登场！

忽然，我们成了三颗白天的星星，荣耀之至！天上云宫，迅音奏响，飞花乱坠，苍穹斗破！有一位自称满天星的仙长手执拂尘，朗声说道："我乃天庭仙官，册封三位为飞天真人，你们是真武大帝钦点的状元神、榜眼神、探花神，即刻随紫微星下界渡劫救世，复兴文坛！"

我醒来，原来是一个梦，很美很美的梦。我们没有金榜题名，也没有曲水流觞，路旁草坪也没有佳人支起帷幄相邀入内，更没有相府千金前来钓金龟婿。但是末法时代，遍布歪理邪说，八正道即为真理，天地即为守护神！

此时，星光满天，把酒闲谈。追忆那年竹楼，惘然入梦。

星光不问赶路人，相信不同的人在某种环境占优势，却不知一个悄然的转身就是一个过场。做梦是真，说梦未免掺假。不期与你相逢在珠箔飘雨的长街，或是在花明桃艳的山路，或是在隔江夜唱的酒家，或是在梅子如豆的墙角，那都须要漫长的跋涉和机遇的巧合。可是在书中，我们可以心会神到，相逢一笑直须饮，不计路程，不费脚力。

于是，我们纸上对话，一起仙游，一起为情所困。

玉笛声渐横吹，月下门推。远离了江湖，我是一个隐居的人；走进了房中，我是一个幻想的人。那年伞搁西楼，雨初停难收。在回廊转折的时候，我期待有人把门叩，撩青丝微回首。开门的时候，看见雨融入河流，我的思绪停泊了不再追求，若我能在紧握住你的手，没有了距离，也没有了忧愁。

人生太短，经不起谈几次感情；人生太长，记不下一个回眸。在你正缘来临之前，会有一个爱你而不得的人出现！然后安排一个你爱而不得的人来磨炼你！当你成为更好的自己，最后会出现双向奔赴的人，所以对于过往不要念念不忘，也不要期待有所回响，当你真正走出幻想执着以后，幸运一定会来临！我进入过爱的状态，安静做人，不想被打扰，渴望出现同频的人，但是一直没有，而是牵扯人际关系的不断干扰。曾经，还有一首古朴灵动的歌曲来唤醒我，我仿佛看见了迷茫的自己？我直到内心证得菩提，镜花水月方才散去，从此庆余年……

浪漫的蝶舞翩跹，出现在谁小家庭院？画帘高卷，纸上的花朵被风吹乱，心跳被邻舍一阕渺渺的歌声牵引，笔下虽有千般柔情、万种闲愁，终付之于草草。

砚台松墨初上，铺开纸笺如雪白，看漫天云霞，恩与怨，蓦然间，弹指皆断。烟柳成行在春风里，燕子掠过了水面，我的思绪正开始蔓延。飞鸽传书，是遥遥无期的等待。尘缘，经不起人世的变迁？生命，是否在等待天道轮回？宗教，原来是认祖归宗。

> 谁将乐府曲中论？乡音迢迢，醒也无聊，梦里寒花隔玉箫。
> 凌波才过横塘路，雨来潇潇，人也缥缈，共忆春山无限娇。
>
> ——《采桑子》

明月洒下一地的白，我等待拂晓的天光醒来。在一刹那间，我感觉到创造的力量，未来一定要实现理想，努力工作，散发萤火之光。此时，我望向窗外银河高挂，梦入斗帐，灯影迢迢，何处是天堂？无数的音容笑貌，在转眼间隐退，如天上相望醉眼的星辰。风吹过，花睡了一地，宛如伤心不顾一切。

流水迢迢，与我相伴今朝。一盏孤灯谁人来，寂寞是空墙，不知道青翠欲滴的葡萄，是否还会挂满我的回春堂？人间不美好，有一点点美好都是天保佑的。做人要知甘苦，少受罪就是在享福。我甘愿不食人间烟火，只想羽化登仙，自由飞翔。人生决定想法，还是想法决定人生？总之，开药方和写诗词有异曲同工之妙，此书收录了我压箱多年之作，部分内容选入中国好文章，成为过眼的一朵云霞。我从门里走出来，尽可能地自由轻松，规划好未来。时间请慢些走，是谁安排六道轮回又见桃花雪？如此，世界安宁，和平风光，甚好。

●●●●● 目录

卷一 文章

卷二 诗词

卷三 附录

卷一　文章

清波水鉴

　　横挑绿绮，醉罢流年。晨鸟初啼数声，远信姗姗来迟。兄台，别问琴声何来，你我生死难猜。我为你苦苦等候，盼着那花开。一花一界，一尘一劫。我心中的那朵花，要等三千年才开一次。桃花劫，人面长相映，直到月色如泻，洒下一地的剪影，有一种思念在流泉直下的水潭上疯长。

　　吹蜡风细旧琴台，冶叶倡条两相闲。
　　无端折得月宫桂，一盏清辉到下弦。

　　旷世的沉默，知音无，万人非你，我自感伤。惜顾无名，今朝再回首。我听见月下鸣箜篌，对影已然成三人，北风凄影，悠悠细说愁。弹指千年过，梦醒人消瘦。心之忧矣，唯以风相送。

　　转身，梦最真。一抹轻愁淡如月，时光穿不断留在了从前。但为君故，沉吟至今。别问我的执着，你的清醒。回忆，只在记忆里成痴。你我的成绩旗鼓相当，都说情深缘浅，命悬一线。是谁再度出现，呈现水天之间，不曾走远？

　　姬神，一位我最相好的琴师，我以为他把我淡忘了，却是不曾。两袖藏清风，山中隐高人。此刻他又出现在我的面前，他能将无形之琴，弹出有人之声，琴艺可谓登峰造极。他说我勤练十年，琴艺可达到小成，自然而然见天地山水之真趣。

　　前世心牵，今生相见。冥冥山谷，种下情结。羽化登仙，守候在这人间，等你的出现。等多久，梦多久，一天天，一年年，就算穿越了黑夜白昼，也要追寻天长地久。谁说神仙不重情？一桥横跨世隔两端，追你到三界尽头，此生此世不放手。手中的长剑映绿相偎的眉眼，被风吹过的佩兰留念着从前。残留发的温柔，恍如轮回的梦，感觉你在怀中，回首不见已是一千年，忘了尘世的变迁。容颜未变你倒映在湖面，换此生无怨。

一人静的时候，我常常用弹琴的方式，来消磨破碎的生活时光，打发寂寞。我告诉他，我的琴声是忧伤而内敛的，演绎着爱殇与七世纠缠，相信他能感受得到，而他弹出的琴声，或志向高山，或寄意流水，通俗易懂，却是充满着对人世的远离，已经达到物我两忘的境界。

焚香依旧，闲琴已然。仙山梦谷，独自结庐。我起身凝望上千年的迎客松，虬藤蔓延，如盖巨伞，翩翩远来仙鹤之飞，降临其上，飞瀑三千尺，直泻而下。而我就是松下客，喜欢梳着双髻，临风舞长袖，目送光阴，无限感慨。听云呢喃，千山蹉跎。何日才能聚会三仙，遨游无边天际？

空谷流水兮，人与琴同心/白云悠悠千载栖，拨弦我悲情/独坐幽篁兮，挥手鸟不惊/红尘滚滚似无意，弹指一梦醒/抚一曲离殇兮，松风送客行/望一潭月影移，鱼儿识禅性/临风舞长袖，天地遨游/清泉常相依，红颜空知己/喜荣华恨又至，终老山林/看那白云，飘飘洒洒又出岫，添我笔底烟霞。

我要结庐在这神州大地，在山风吹起处抚一曲《白河寒秋》，将年华虚度，而那一天万物低眉，能听见微风吹起的声音，是谁的心落在了尘埃深处，直到后悔不知归路？或许，花落一场，成殇，你我只能两两相忘。

道罗溪是隐僻之地，有祖山水源，俨然形成大丘壑，生存环境恶劣，却灵气凝结不散，让我打坐参悟"道"的至高境界。行云本无归处，人生自有来历。我焚香顶礼，然后专心打坐，问自己道在何方？我是青衫客，在玉屏桥上将铁笛吹快了音符，响彻了九州大地。然后我会正襟危坐，在丘陵上望向远方，构思未来，相信总有一天，自己会创下传奇。我在树下修仙三年，追求天人合一的高我点化，苦练方术以行吟天下，遨游五岳名山乃至虚空幻想，传承太白开创的诗风！

烟袅八卦炉，松迎下棋客。

泉水流山涧，煮酒说南柯。

曾几何时，姬神又用琴声与我对话。琴声从高山遄飞而直下，他说，人乃万物之灵长，有善有恶，无非求取生存，加以造物，皆不能满足私欲，贪图利益，恶性循环。你乃修道之仙客，一身轻松，奉献对苍生的大爱，从而羽化飞登，为何还要留恋于人间？

我奏流水之潺潺叹息说，抽刀断水，水更长流。人类所为，或符合大道，或违背天理，皆因不知内求真心，迷失自己。然而亦有品行高尚之人，阁下岂不闻仁义二字？人若仁者，舍己为人；人若义者，舍生取义。自古青楼多怨女，岂是造物之人？官场多贪男，岂止杀生之辈？只因择其恶者而从之。我所留恋的是人间的恩深意浓，我不能学太上之忘情也！

静坐冥想，我过不了世俗这一关，境界停留在有限的空间。我能发觉世界轮回和六道轮回的真实存在，以及星体与人类的运行，知晓无欲无求才能解脱，但是我需要更大的宇宙智慧！无望者，渴求者，创业者，安定者，觉醒者，每一步都是更高的修为！我不要七品府衙，也不要八抬红轿，我只要漫不经心的一个回眸，在云霄琼花中相逢一笑。明白了步入天下的使命，你会相信明日有明月，只是奈何桥的等待，苍老了谁的容颜？

姬神无语。我的指尖在焦尾上破茧化蝶，目光在龙龈上流光飞舞。是造化弄人，还是造物弄人？未可知也。

春风一顾

　　一曲《临安初雨》带我回到烟雨年华，意气正风发，为你调朱砂，画蛾眉，在古老的琴台下。蝶恋花就在我们的指间舞蹈，醉了我的魂，在晨光里青衫长剑翩然笑春风。你说你爱我的侠骨柔情，而我怜你的十指纤纤，紧扣心弦。你的一个凝眸里，有与我的前世今生，有红尘一面。你的千言万语，只是为了换回我的一个转身就已经足够。

　　恍然我又回到了人世，远离了那个飘忽的梦境。

　　　　千金觅玉杵，殷勤手自将。
　　　　如画若有意，披衣月照床。

　　回春堂前杏花正开，悬壶自在，仙鹤展翅，临空飞舞，天然之姿环绕着流水山谷。竹楼流光，而我正在柳下驻足，折下一条细长柳枝，目送着紫陌上行人和马蹄的过往，自己快步走下了一方水塘。莲韵还来不及散开，而此时船正渡向彼岸，风吹衣袂，洞箫声起，桃花坞有着粉红的消息传来。

　　丫头告知，那位折柳的就是回春堂周家的公子，传说他生前其母梦见松下一眼泉水，照彻心灵，故取名一个"泉"字。回春堂的药库里无论是抗疫良药连花清瘟胶囊，还是千年人参、冬虫夏草、麝香、海马、鹿茸、天麻、灵芝应有尽有。公子申请自制"回春丸"，养颜益寿，还有"玉屏通心颗粒"，济世救人。

　　公子以剑为伴，云游四方；以琴动人，气定神闲。武陵人个个唤作青衫客，一定能金榜题名。

一切都是浮光掠影。想那一日，我只是在窗下托腮痴想，那个仙女为何如此娟秀？为何会神情忧伤？鸳鸯戏水，我心愿相随，三月枝头我化身成蕊，只愿生生世世与她相随，一起穿越那轮回。正是豆蔻年华，你我尘缘未央。你说过鸳鸯戏水你愿相随，我一生一世都不会忘。直到晚来的风吹过了月拱桥，我一袭青衫仿佛看到了花已向晚，飘落了灿烂，你还立在桃花树下，让花瓣飘到了天尽头的香丘。

欲语心情话相同，分手从容。双泪来送，飞入窗间伴酒浓。

谁怜玉笛韵偏幽，偷传尺素。认取春丛，断无西风石榴红。

——《采桑子》

记得桃花染，落在檀香扇。时光回不到过去，宛如花落不留余地。是春光，是年华，是相遇的爱恋一场沉醉。直到我写下"相思"两个字，口里终于唤出她的名字，而马蹄早已不知去向，宛如一阵轻风般，吹过流苏去了，只剩下桃花如灼，落了一地的惆怅。

折花门前只是一场剧，踏着烟雨尘寰，你我如何回归那无猜的心事？将情愫织成了荷包，却不小心碰伤了季节的伤口，一下子让那桃花落尽了胭脂雪，撒满了我的脸上。此时，往事化作了桑田，月牙挣破了水面，一个人的时光只留下思念的痕迹，而漫长的影子正爬上了墙角，牵动着我的想象。

我是云游的公子。记得那时青梅如豆，花开数朵。你手掐梅蕊别在头上，双眼灵波一转，向我缓缓走来。没有香车华盖，没有桨声欸乃，只有流水行云，满脸红晕。你问，日日看柳，所是为何？我说，燕燕于飞，只为春归。

春风吹，吹尽人间喜悲，空有好云一生相随，人难追。

春雨醉，醉入他乡何时回？等到月儿上酒楼，水东流。

春梦归，归来独念双飞。谁知江湖，何处留我住？

从前，我骑竹马来你的床前，你说我是一滴雨露，正在嗅你墙角那一朵青梅。如今，我放纸鸢来你的门前，你说我是一阵清风，正在梳你额上那一抹初妆。

> 倚门望儿郎，喜骑竹马来。
>
> 眉间红一点，白露湿青苔。

西风频吹，柳如眉。此刻你就站在我身旁，居然迷失。会有一方净土，勾起回忆，我却将你印在心底，宛如花开，轻若流岚。在繁华三千过后，流年共度，那一把桃木梳，渲染了绿窗人似花的琼庐。零落种种，岁月匆匆，挽留不住昔日的笑颜。你是名媛，轻若蝶舞。伴随着四月枝头上的一抹艳，盈盈地飞上了天际的尽头。

我们一起仰望着，阶前终于落下了一片黄叶，再后来，慢慢生上了绿苔。而公子在临安听雨，一任玉梨树开出了前缘，只是被脚步无尽地穿越。强说欢期，一别如斯。晨铃轻音，时时响起。记水边，罗带轻分，香囊暗解。那时公子说的天长地久的每一个字，我都用最小心的思念，敲成了诗行。

泪水寄托我思念，朝你的方向开始蔓延，仿佛一场梦不曾走远。你的身影，会不会留在瞬间？皓月长歌，把酒临风，不觉上楼雨朦胧。弹指间，昨日看柳，公子，公子，江湖何处留？天上一抹污云长，留百年沧桑。我不是商女，只是微不足道的歌女，我为你唱的不是吴歌，也不是西曲，依然是那首不变的《西江月》，你是我唯一的听众！而我是你永远的妹妹，支持你追求自己的爱情。

> 梦见瑶台玉茗东，眉间一点飞天琼。
>
> 吹笛广寒待双巧，泪入烟波几万重。

丫头，还记得么？近日门前溪水涨，郎船几度偷相访。船小难开红斗帐，无计向，眼前隔重障。日日夜夜，随雨逐风，盼相见，梦里梦外空惆怅。而今溪水还时时涨起，可是那样的时光一去不回。我们都已长大成人，我一袭青衫飘散在遥远的地方，任凭风吹，只是守望着无悔。

岁岁翘首盼君至，寸寸光阴叹流年。我说等到佳期再相见吧，又错过了几许花开与斗转天上。任尘缘来去，何处是往昔？看你一眼，眉间心上无力回避，只是难追忆。纵然青史已然成灰，相思依然与我相随，看花飘落，一滴冰冷的雨露，抵消了我的寂寞。

记得冬日里，为你解下粉红袍，呵手看梅妆。春风归，怎么度你双飞？仿佛，我还看见你抱着琵琶反弹，听见长歌，是谁对月留住，找不到归去的路？青丝长，多牵绊，几回梦里把酒呼，风不管，一生誓言让谁妒？找不到归去的路！

永恒之地

当漫天琼花飞过行人的肩头，雨打篷船的声音传入我的耳畔，而我也只是一个人穿越在烟雨斜织的武陵，轻轻地抖落拂了一身还满的飞絮，选择在一个风清月朗的夜晚，沉淀在心湖里的月色晕开，打捞起自在飞花似的轻梦，无边丝雨似的闲愁。

记得绿罗裙，处处怜芳草。我忧伤万种，独自打马去了那个花落成冢的地方。是谁？远离了红尘的喧闹，绣口微启，横笛眉弯如柳媚，风吹拂淡红的衣袂人未回。丫头，多少往日事，多少相思泪，到底醉了谁？我从弦歌上望你，你可知道我的雅意？我从史册上读你，你可知道我的心思？上穷碧落，我不断地追寻着你的踪迹。

台上瘦影天上魂，知是昭阳第几春。

下凡浴出七仙女，共见琼真一片云。

一路挽兰芷，步阡陌，或许我只有在梦里，才能够与你相遇。织梦行云的往事，烟白风清的过去，回不到，也忘不了。无语寄西凉，落泪又成双。你说的只言片语，病了我一春的思念。伸出兰花指，绕青丝，几番烛花放眼前，读不完人生的变迁。我不愿归隐山水，也不愿终老田园，我要浪迹江湖，与你一起在临安听雨。

菱花镜里容颜瘦，是谁在窗前偷描着梅妆？错过了青葱岁月，谁来填补苍白的思念？飘逸着芳香的佩兰，水红色的流苏，伴着这一场忧伤的雨滴，让我的双眼顿时湿润。你说这次相遇不是命中注定的劫，而我却一剑飘香，跨着白驹马越走越远，以至将心上的人儿都落在了季节的后面。三月的太阳将我的目光灼伤，午后的时光格外漫长。是否你就站在桃花溪水背后的某个角落，洒下泪水满袖，残留一丝的馨香？

风起帘动，落花无声，我的江湖里从此有了你留下的印记。丫头，那是因为你，为了给你买荷花糕，我在临安城淋漓了一场滂沱的雨。我深深地相信，前生我们同在一棵玉梨树下，有着一段互相纠缠的日子。而今山盟不在了，还有我们写的浣花笺；海誓无存了，还有我们头上的月儿白，冉冉升起在水中天。此刻，我就站在屋檐下，仿佛一场无止境的思念，在寻找着天边的红线。

青青子佩，悠悠我心。我佩戴的是一枚玉坠，让你暗结相思，百转千回，说什么盂兰盆会太遥远，瑶池不是刚罢了一场美宴？你我是乘虚而上，直追青云，还是相偎而亡，落泪成殇？可笑的是，到老都只是花开花谢一场。有一朵永不凋谢的花，它叫作因，有因必有果，尽管世间种种终必成空，因果不空。而我为你种下的因，就是前世的情；你今生要偿还的果，就是你回眸时倾城的一笑。

乱草青青离阶回，笛放东风女边吹。
不是水阔凭鱼跃，应怕多情片云追。

杏花拂过面颊，也拂去了六街的尘埃，我溜达的马蹄声演一出惊梦，而你就躲在春闺里，卷起三月的窗帷翘首张望。酒旗招展，如豆的青梅逐渐饱满，仿佛我是那样一个过客，在乍暖还寒的天气里回转。溪水涨涨落落，仿佛在将忧伤诉说，一幅画卷点睛着墨迹未干的诗篇，迷津正在遥远的门前。不见了那个爱唱歌的你，那一曲声声慢让我无从聆听。谁来载我？渡向那柳暗花明的地方。渐渐地远去了乌衣巷口的夕阳斜，远去了朱雀桥畔的野草花。兰汀之上，碧水之湄，我在苦苦追寻着你的踪迹。

我来寻你，于这万丈软尘，一路风度翩翩涉水而来，沿着岁月的花垄，一览那开放在山野的百合，等你在兰轩的海岸，等你在花红的最深处。我要马不停蹄地越过万水千山，与你一起去看早晨的日出，看最美的那一抹红晕挂在前方的紫川。

丫头，想要对你说永远不要离开我，风雨混沌都在一起，任风吹过，任雨滂沱！还记得么？我梦见南海仙山菩萨赐我一根柳枝，醒来后告诉了你。你打扮成龙女的模样，让我用十四个字来形容你。我说："紫竹点破姻缘纸，龙梳巧结双喜环。"

> 珊瑚织罢金鱼纹，一夜龙门有火烧。
>
> 我是梦中折红桂，来仪双凤口中衔。

我还说，你真的很有天赋，将来做一名演员不成问题。你说，你将来要演宁珂郡主。我笑着告诉你："没有大爱，就不是郡主；不懂相恋，就不是女子。"不忍抛清泪成行，为你话带忧伤。青梅竹马是你，情窦初开是你，天河望断也是你，为何往后余生不是你？如今，我们已成陌路，几多悲欢难呼唤。不见了戏水鸳鸯，我心有些哀怨随风飘散……

丫头，你恰似李清照词里走出来的少女，天真烂漫，温婉痴情，倚门楣，回首嗅梅花。只是天似穹庐，笼盖四野。郊外的野草，年年岁岁，知道是否又遇春风唱水边？那一年，桃花树下，风吹了一夜，注定了你我的相逢，你说这是红尘里一段浪漫的开场，然而世间种种终归匆匆，徒留伤感。最后花落成殇，你目送我打马而去，裙幅摇曳。

终于，那年桃花树下，风吹了一夜。我目送你嫁人而去，桃花落满了一地。

千秋叶落

相别莫相忘，天涯两相望，芙蓉两边开，兰舟轻轻荡，歌声入愁肠。遥寄云朵，远眺粉墙，梦醒失归途，岁月让人叹。南飞雁阵带凄凉，终日相思为哪般？双眼望穿，临风轻叹，你在远方，徒留情长。历遍巫山沧海，看尽洞庭云雨，叶落时姻缘散，梦回西楼泪轻淌。

是谁白日放歌，世间的纷纷扰扰拂过了发际？青云低处羡鸟飞，过尽千帆，我来迟了，当年昆仑山，有你留下的芳踪，有我留下的足迹。我一路寻去，直追前无古人的光阴，出现在你斜倚梅花的门前。只见屏风一人在座，窗外流萤桌上烛火，美人何处寂寞？案边，琴闲，你研新墨一方，让我为你谱写仙恋。

檀香点燃，轻烟袅袅升起，纱窗前不绝如缕。我翻一页书卷，见许多诗词总是亦真亦幻，让人不由自主地走进去。依稀与那么一个你月桥看灯，你天生人如玉，陪我吹箫，在二十四桥。或是让你听我轻弄宫商，拂一曲似水流年，你轻拂起一袭水袖，翩翩起舞，醉了大罗的神仙，远去了油壁香车旁的脸，忘了何时再见？

哭红了女儿墙，谁家院落的一曲忧伤，让我踏着千层底穿过了弄堂？望不穿的高墙，隔着那时的时光。疏雨滴梧桐，是谁在守望着凤城的春晚？是谁弹奏着《誓言》的哀伤，在将我一点一滴的相思缠绕，泪湿了路上的栏杆？

萧瑟群山，满目凄凉。夕阳西下，故园里秋千架下的荒草丛生了吧？自那年关闭春色之后，无人问津的是我的思念与落寞，一瞬间仿佛琼花漫过了粉墙，清风起席卷春天的帷帐，不思量自难忘，拂琴一曲成爱殇。你的面容，若月儿般明朗，忘不了是恋人痴情的目光，被风雨勾画了沧桑。待春天燕子归来，屋梁上私语人间事，你我对弈棋盘，远去了西湖畔的雷峰夕照。

红尘来去，别问人生何处是归期？天涯过客，得失不萦于心，一剑飘零，到底爱上了谁？只求天不绝人愿，还会相见，我还是当年的鹤衣翩翩，云中浪子，只是想那几世情缘不负相思引，等待繁花能开满天际。

> 红棉粉冷两相见，绿水青山入眼帘。口吹花蕊，轻弄风中弦。
> 叶上诗行寄谁边，流苏半卷软榻前。半枕春寒，雨落不成眠。
>
> ——《相思引》

环佩叮咚，满面春风。梅子黄时雨，打湿了风干的小巷，传来了溜达的马蹄声，画面上透射出一抹淡淡的愁韵。马蹄穿越着青史，以及那些泛黄的岁月，以及苔痕上阶绿的门前，湖里的鸳鸯正相依相偎。

剑舞春秋，转眼韶华。花落杳然随流水，谁是知己不再逢？我一个人曲指度日，迎来送往，慢慢地习惯了守望。我知道，缘由心生，与你不枉相识一场，情不问因果，自然会有花落谁家。唯有一曲离殇，唱起在旧日的庭前。把往事织成了轻烟，一任燕燕于飞，穿过我的卷帘。闲敲棋子，落花无声。世事难料，唯有琴前流水兀自流，兀自流……

终于，匹马唱阳关，轻敲莲子还。谁还在门外看？半生落拓，一袭单薄的青衫。驿桥送别千里，马蹄踏野草还须一别。你远在秋娘渡，风吹云易散；我走过谢家桥，红叶飘落难卜。遮不住的是青山隐约，隔不断的是绿水悠愁。

与君初相识，犹如故人归。其实，你原本就是前世的故人。我挽起一面轻纱，看天边月牙。爱像水墨青花，何惧刹那芳华？乱舞了苦雨，谁为我九州招魂？我愿做一颗闪亮的星辰，心之所依，即为不离不弃，我只是让你长相忆！

临水照花

柳荫直烟里丝丝弄碧，从渡口乘一叶扁舟而来的姑娘，一身素衣婆娑，撑一竿碧色，洒几颗红泪，掩入风流画卷成轴，化作成灰青史的一抹艳，盈盈地飞上陌上的一树繁花，摇曳在万丈红尘，抛相思红豆如雨，一颗颗挂在我今日的眼睑，守望我的女子。她那秀挽成髻，彩云斜插成花，一缕青丝绕指柔，低头如初见，嫣然一笑，静若一朵莲花含苞待放。而我更爱那一款两重心字罗衣，将我俩的心重叠在一起，爱听她沉吟，出口便是如令的辞章。

> 碧海长环青天心，扫帚也可河汉迎。
> 飞去东山偷灵药，只盼玉绳斗边行。

檐前仿古铜钟绿，不知今夕是何夕，一曲箫飞流韵，任莲瓣撒满青色石板，你脚穿绣花布鞋，素手撑起一柄油纸伞，莲步轻轻，逶迤而至。看惯了青砖黛瓦的古朴，只为她腮边一抹红，晕开了色彩。口齿生香，吟出深浅韵脚，思为双飞燕，与你筑巢在此间，聆听雨滴弹西窗，一滴，两滴，滴滴都是我的心愿。

锁窗朱户，柳浪莺呼，我拍遍危栏，望极春愁，黯黯升上了天际。笔在纸上走，爱君笔底有烟霞；鱼在水底游，红尘琐事全不在焉。你我千里来相会，为何对面手难牵？说无缘，却有缘，谁说今生的相遇，不是因为前世五百次的回眸？

你说等到佳期再相见，又错过了几许花开与斗转天上。长城绵延，镇守着千年的龙魂。剑问九霄，任尘缘来去，何处是往昔？看你一眼，眉间心上无力回避，只是难追忆。人生要找的东西越多，无能为力不如放下需求，享一份心安。而我策马来，明日归故里。是谁？杯空停，落梅如雪砌。

近水知锦鲤，闻弦歌而知雅意。指尖轻叩，几回曲有误，频相顾。尘烟埋葬了三千浮华，散了一地的繁花。渭城朝雨，柳色青青，是谁弹唱着《阳关三叠》？我马蹄踏遍了万里河山，扬起的征尘染红了你的罗裙，远去了一枝红杏春意闹，远去了墙里秋千，墙外行人笑。渐行渐远近干戈，你的目光正在暮色云合里游离。

站在望月川上，可以望见世间百态。我一眼望去，望见了玉屏桥边云岫与纸伞的纠缠；望见了轿子顶荷花与雷雨的重逢；望见了桃花源归人与游船的惜别。游走在人生的低谷里，我是放浪形骸的青衫客，可是苟活于世有着太多的阴柔娴和，谁与我苦恋？谁与我重逢？谁与我惜别？总是来去太匆忙！

流弦十指紧扣，昨日未可停留，飞燕衔雨巧逗，胭脂带上妆楼。微微清风吹豆蔻，你可曾知否？千金一抛天地忧，只怕韶华休。柔情万种卜水流，缘分日夜愁，恰似遮不住青山，无处共闲游。城池丝竹急奏，流苏笑声轻透，此处风光独好，偏要嫁上高楼。淡淡情愫湿衣裳，雪落不罢休，百年一遇是奇缘，冷了杯中酒。佳期如梦醒难求，年少竟白头，只叹不见云出岫，望去满眼愁。

丫头，想当初我在园中遇见你，不知道是不是一个美丽的意外？想那一枝青梅，你只是低头嗅一嗅，心思不在它，却让它在那里翘首等待。然而我却从你的眼神里，看见一丝哀怨，不是怨我来得太迟，就是怨我来得过早。我转身离去，一句天涯路远，谁人了解？带你回到天上人间，一样是愁，隔不断青山与高楼。终于，你说愿将自己的命运托付碧天。

世间种种，岁月匆匆。梨花展蕊结成了你少女暗锁的情结，流水荡漾溢出我今日无尘的心事，不知道我们哪一个更让人迷？哪一个更让人痴？

心若有知皆是梦，终日望，细雨霖铃。一枝桃花今得气，人生此时喜相逢。是谁白日放歌，世间的纷纷扰扰拂过了发际？风起阑干，琼楼金阙月明如玉，凌波仙子在瑶池翩翩起舞，醉了九州三岛的群仙。青冥沉沉，薄雾腾腾，我要带你飞翔，飞过太虚云裳，去那自由无边的天荒。

　　不识春风，人未从容。偶然的相识，找不回从前。人生如逆旅，我亦是行人。卧龙岗，文昌塔，青埂峰，兰陵谷，不觉，前尘已走远……

西湖等雨

　　我对西湖最初的印象，来自《西湖民间故事》这一本劣质的纸书，故事经典，语言朴实，里面有许多幅优美插图，惟妙惟肖，引人入胜。我通宵不寐，只为读书，连续读了这本书好几遍，未临其境，先知来由，脑海中不由得浮现出西湖的十大美好愿景，有柳浪闻莺、平湖秋月、曲院风荷、双峰插云、苏堤春晓、三潭印月、花港观鱼、南屏晚钟、雷峰夕照、断桥残雪，西湖最终浓缩成了掌心的一滴泪。

　　记得那个炎热的夏天，泛舟西湖，不求欢愉，但问古迹。当时小船已到湖心，微风鼓着细浪，船儿轻轻摇荡。我正欲想些什么，忽然从远处传来缥缈的乐曲声，陌生而又熟悉，在我心间萦绕。我上到廊亭，凭栏远眺，眼前的湖光山色一览无遗。淅淅沥沥的雨丝，将过去的回忆、现在的祝福、未来的憧憬织成美丽的梦境。天籁声清，是何方巧指的弹拨，充宇盈寰？真想融入其间。

　　船回岸边时，夕阳西下。我忽然来了兴致，爬到湖边小山顶上的彩画亭，只见落日融融，将天边的几朵白云染成金色，湖面上泛着碎屑的波晕，美得令人心醉。心绪如丝，往事似潮。爱的脚步轻缓而又激越，伴缕缕雨丝，过悠悠时空，再一次碾过我的心灵。

　　　月老祠堂梦中见，人间姻缘一线牵。
　　　西子湖上同舟渡，前世修来共枕眠。

　　风雨清波门，是谁在西湖上唱《渡情》？千年等一回，是谁邂逅了美丽贤惠的白娘子？雷峰塔倒，西湖水干。天规始终是天规，谁让你水漫金山？我为等烟雨，也为等你把泪弹？一把油纸伞拉开双栖的序幕，谁放你自由？谁为我引渡？眼前是一片空蒙的春雨，这来自天上的自然精灵，化作细致的关怀，悉心的呵护，轻轻柔柔地落下，润泽着我每一个诗一样的遐想。

阳光普照，湖面好似白衣女子在跳舞，顾盼神飞，婀娜多姿，迷雾也渐渐地由浓变淡，由淡变成丝丝缕缕，像少女飘逸的秀发上绾着的轻纱，又像婷婷舞女的汉服裙裾。天光白日从层层雾纱中透出，幻化成赤、橙、黄、绿、青、蓝、紫的七色彩雾。水路分开，碣石旁边，我仿佛来到了湖底的水晶宫殿，看到龙须和龟背，化身长驱赤火入珠帘的孩童，似雾非雾，似烟非烟，然后仙娥驾着一团彩霞从我的眼前飘过，我惊得招手就追，可是刚迈出一步，她便消失得无影无踪。仙娥原来是西泠桥畔的苏小小，仿佛又从油壁香车下来，熟读一出短暂迷离的人生剧本，准备用自己的真情实感，继续上演好戏连台。

浮光山水，天然的视觉盛宴。写西湖的诗词，从古至今，层出不穷，如十里长廊的书画展览，我再写是浪费墨水，并无意义。我相信冥冥之中的安排，是天意使然，人与天堂结缘，不由自主，是西湖的雨太让人起梦幻之感了。此刻，我不是上不了岸，而是心有不甘，因为我太爱西湖了，舍不得离开，恨不得在一角胜景安身立命。美哉西湖，惜哉西湖。我铺开宣纸，提起毫笔，给西湖写了一副对联：

断桥有残雪，相逢千年轮回人。

烟波真浩渺，揽尽盛世风流才。

长见碧落

　　阁楼听雨，闲来无事偶翻书。当我读到"若非群玉山头见，会向瑶台月下逢"时，觉得大有仙缘。伤心碧落，几度红尘来去，万千风景在眼前，有一种思绪在朝天堂开始蔓延。

　　月老祠里断了前世的红线，仿佛我正在一人搔首问苍天。如果正如李义山所说神女生涯原是梦，而我的人生，又该何去何从？

　　"孔雀东南飞，五里一徘徊。"是什么让我如此伤感？恨只恨你，前尘不共碧落飞。

　　鸿雁在云鱼在水，惆怅此情难寄，纵然相思已成灰，我爱不悔。我记得，那不是一首诗，是巫山的一片云让我跌入了万丈尘缘。春风吹，吹尽人间是非，我要回来度你双飞。抹不去隔着你的雨帘，只感叹沧海桑田，相爱如果是一句谎言，谁原谅我在遥远天边？

　　　　云母屏风微波轻，青鸟飞报晓窗明。

　　　　嫦娥但愁银烛落，长河脉脉寸秋心。

　　记得白衣天下，鱼贯京城。美人吹箫花动容，我走马度春风。曲江流饮，笑入裙裾不足夸。别人说一朝登龙榜，十年身在凤凰池，我不稀罕。我只要你，就只一个你轻轻地陪着我，依旧的环佩叮咚，依旧的呵气如兰。还是要感谢那一首《红叶夕歌》，是歌声让我邂逅了你。你是美人，待字闺中；我是才子，雁塔留名。可是到如今，满目凄凉，萧瑟群山，无人问津的是我的思念与寻觅。

昨宵一轮明月，是谁的思念在心坎上沉淀？错过了青葱岁月，看落花轻轻飘过，最难忍耐是寂寞。我放下书，走出小阁独自凭栏，吟咏竹楼对远山。青玉案上的剑隐去了锋芒，入了三尺的鞘挂在轩窗。转眼之间，不见了昔日走马探花的少年郎，多了一位弹琴的雅士在水仙楼上。弹指间仿佛昨日看柳，叹世情，明灭如轻烟。

不知不觉，我已抚罢了流水三千，谁知道江湖路在前面？看花满眼泪，不共离人言。天上风筝只一线，你的脚步渐行渐远，就这样被我牵绊住了裙幅的边沿。共赴巫山的誓言，到老都不许改变。客舍青青，不染杂尘，你我纵横人世间，命犯情劫难逃避。

"少年听雨歌楼上，红烛摇曳昏罗帐；壮年听雨客舟中，江阔云低，断雁叫西风。"悲欢离合总无情，一任阶前点滴到天明。

你说，我手中的剑是你读不完的诗篇、数不尽花落成家的变迁。

我说，你腰间的玉是我品不尽的辞章、唱不完人生如戏的过往。

是谁的一场艳遇，让凡夫俗子空做着高唐梦一番？西王母罢了瑶池的美宴，青鸟飞回到我的小窗前。春意阑珊，杯酒难消昨日忧，青丝乱，剪不断，月儿抱着琵琶弹。说什么郎才贯古今，诗韵追青云，我只要你含羞的一声浅唱，唤我在二十四桥明月夜，让我牵挂在扬州。可是等到孤帆远影碧空尽，才知道思念总是那西湖泪。

> 驭剑飞行度云霄，乡音渺渺。漏断迢迢，法眼自当见纤毫。
> 玉扇倾城人间笑，帘钩遥遥。洞箫悄悄，梦里寒花隔春潮。
>
> ——《采桑子》

小桥流水的曲线，春风吹绿了阶前。是谁还等候在瓜洲的渡口，眼望着彼岸的流年，吹笛又一曲？一袭青衫，古道西风我打马，经过了谁家的庭院，消失在谁的眼帘？而当年忘忧河畔已经开出了娇艳的花，纯白，淡紫，桃红，一片片将记忆渲染。

记忆中的芳草，处处染上夕阳的余晖。歌舞年华，会不会留在瞬间？风卷着旗幡，独自莫凭栏，远去了长箫与青衫。一念执着，天长地久的眺望，繁花树上落了一地的春欲放。流水随风散，一颦一笑的温暖，把我的双眼湿透，忘不了是你唱着一支《还魂草》将我召唤，时时刻刻，听到你温润如玉的声音在流转，而我的马蹄似乎踏破了轮回，寻寻觅觅，只与你相遇在梦里。

　　船过银河千帆舞，参辰双飞度龙门。
　　我是文星来传梦，欲持彩笔下夜台。

　　我这一生，如有你相伴，不羡鸳鸯也不羡仙。见证了青草丛中的马蹄，踏破了红尘，谁填补这苍白的思念？你不过是我茫茫凡间偶然的遇见，却注定沦陷你眉间。佳人，才子，前世种下的纠结。姻缘，红线，千年一别的相见。我与你是天涯双飞侣，不记世间情，一片云，一弯水，追忆着烟雨枉然入梦。

　　苍穹在上，光亮如昨，我等候着天阶泪的陨落。茫茫碧落，我情一诺，说不尽的相思有几多。

河汉吹笛

　　山水迢迢流霞飞，人隔千里无觅处。不恨天涯，日虽出却有雨随，如初见吹笛在云间。画屏幽幽秋风悲，河汉清浅余痕褪，相忘江湖，剑已收但见笑颜，似相识吹笛在云间。远山望断红尘路，旧时知己醒来无，自此离别，花渐落焉能无伤，数轮回人逝有云追。行云散，柔肠寸断，流水叹此身归去难，名利淡，雁字回时虚度年华荏苒，青丝断飞羽忆巫山。

　　秋千架上，正飞过一阵阵乱红，佳人还在否？此刻楚腰纤细风前见，落花轻拂你的笑脸。我们相视无言，把酒弄婵娟，共赴万丈软尘的前面。

　　三生杜牧，十里扬州，前事休说。我们相逢在珠帘微卷二月花的扬州，望见十里长街市井连，月明桥上看神仙，夜市千灯照碧云，高楼红袖客纷纷，而那时你正落魄江湖载酒行。不知道那位名叫紫云的姑娘还在否？《金华子》中记载了当年杜牧曾在扬州与她把盏对饮，听她弹琵琶，后来杜牧做了一个梦，梦里面神仙言之凿凿地说他最后的官位就是紫微郎，后来杜牧当上紫微郎后，果然重病缠身而夭亡。

　　前事休说，你是词人伴云来，是那样喜欢扬州载酒，与我青衫烟雨并肩而行。你生在甜城，然后宦游各地。清明时节雨纷纷，路上行人欲断魂，若还能打着伞，在三月的路上走在有你的旁边，也不枉来红尘这一趟。

　　依稀记得长安月下，梦里摇香，藤床纸帐，清辉笼罩着烛光。我望向窗外，一场雨打湿了花城，鸳鸯被冷，我心坎上有呵气如兰的余温。那一次相逢不语，一朵芙蓉着秋雨，也是在这样的天气吧？只是那时是在临安的碧云小轩，我们正微笑着欣喜于初次的相逢。青梅如豆，把梅煮酒，正是属于你我二人的时光。我凝望着水里的影子，摇曳着无痕，是怒沉百宝箱的杜十娘，是血染桃花扇的李香君，还是泪洒洞庭的白秋练？是真？是幻？几多曲折。

> 风光出现，朱门半掩谁家院？一曲琵琶，为我点破艳阳天。
> 待字花开，端得好风放纸鸢。天赐姻缘，两处相思终不怨。
>
> ——《木兰花》

又是一阵洞箫声传来。逆流而上，迎风而去。落花轩里，我看青山多妩媚，青山看我应如是。有人告诉我，不会对我动情，心早被千年寒冰封住，而我口吐烟霞烈火，拥抱着回到弱柳垂下的春天，只想解脱。弄青丝何处是仙山？梦断玉笛寒。一朵白云在我的脚下浮槎，引得我朝游不倦。经历过太多悲欢离合，我想过眼无非云烟，或许会有某些人只是我生命里的过客。

眠琴醉柳，鸟儿相逐，玉壶买春，赏雨共茅屋。何时才能与你清修于竹旁，不去理人世惆怅？成双的定义，不是情的相投，而是志的符合，只羡鸳鸯是一句谎言，飞身上瑶池的碧云边，那才是千年不变的夙愿。

"人生几何，对酒当歌。"我只是日日买酒，费尽白璧青钱有无数。铺开红笺，我写满密行小字，说尽平生无尽的相思。站在窗前，望着鸿雁飞翔在云端，书信难寄，只落得一片惆怅。山抹微云，如何待得伊人归？唯有青山依旧，绿波无语东流。

> 饮水蓝桥思玉杵，多愁云英未相知。
> 乘槎碧海三山落，捣药聊用支机石。

是谁？正吹笛河汉转云车。天河飘散，你会不会将我遗忘？今夜风轻云淡，哪一颗星是你？留给我心间不变的容颜。红尘中你追我逐，不去问世间情为何物？脚下有一片云，牵挂就成了路，不计沉浮。相信隔世的情缘，不如笑傲于世间，我们一往无前，直到花开再相见。

此刻，时光的影子，充斥四周，袭击着安宁的天宇明堂，一滴滴雨点随之落下。我感觉到一种无休止的悲怆，在萧瑟着城墙，不是胭脂井里的一滴泪光，不是朱雀桥畔的漂泊流浪，而是一个女子心里一道隐忍的暗伤，在无边无际地成长。

洞箫声起，微风卷起了垂帘，那一朵摇曳的嫣红告诉我，你正水佩风裳，一路涉水而彷徨。

陌上花开

梦中，我穿一袭青衫，带一支铁笛，缓步行走在武陵花开的陌上，望着似曾相识的大雁，排成行飞向南方，眼泪止不住流向了西湖。红药，年年岁岁，为我聆听潮音来自何方？

那年花开枝头，雨初停人未走，纸伞遮闲愁。当时年少逗留，恰似覆水难收，下弦月映妆台，轻声把门叩。春自归水自流，人影犹笑东风，怎寄千里愁？时光走在桃花笺里，盛开的柔情，把花瓣暖上粉色。衣袂飘举，拂过往事，我的心情归于平静。

依旧沐浴着三月的春风，我披露的发丝被吹拂在花丛，有溜达的马蹄穿过陌上，溅起花落朵朵，上演着繁华一场。有人成双采桑忙，有人风筝放天上，更有人轻罗小扇扑蝴蝶，迷失在走过的地方。

> 目送横波生望莲。弹心曲，落红尘，谁人背面下秋千？陌上花开，好伴云来，月老牵红线。
>
> 日自天来雨即文，人生本来情难求，可怜苍生是我愿。满城飞絮，绣帘高卷，雁柱十三弦。
>
> ——《青玉案》

打马而过陌上，是谁悠悠一叹，轻若绣花针落地，不惊我一丝的彷徨？说不出口的红线，雕花笼谁边？时光飞逝，一个转身就是万丈红尘。弹指韶光，轻数流年。失落，沉默，我是一个观花客，我要去寻那桃输面颊柳输腰的女子，天上绝无有，人间只一个。此时，这情景让我忽然想起了《大明宫词》的一段画面：

> 野花迎风飘摆，好像是在倾诉衷肠；绿草凄凄抖动，如无尽的缠绵依恋；初绿的柳枝轻拂悠悠碧水……看这一江春水，看这清溪桃花，看这如黛青山，都没有丝毫改变，也不知我新婚一夜就别离的妻子是否依旧红颜？
>
> 对面来的是谁家女子，生得满面春光，美丽非凡！
>
> 这位姑娘，请你停下美丽的脚步，你可知自己犯下什么样的错误？
>
> 这位官人，明明是你的马蹄踢翻了我的竹篮，你看这宽阔的道路直通蓝天，你却非让这可恶的畜生溅起我满身泥点，怎么反倒怪罪是我的错误？
>
> 你的错误就是美若天仙，你婀娜的身姿让我的手不听使唤，你蓬松的乌发涨满了我的眼帘，看不见道路山川，只是漆黑一片。你明艳的面颊让我胯下的这头畜生倾倒，竟忘记了他的主人是多么威严！

烟雨朦胧，我遇见了你，一个绝尘于陌上的婉约女子，唤作陌上红颜。弄堂深深，香茗冉冉，氤氲着水汽的模糊，一如水墨的痕迹淡淡，透出你的脸蛋白皙，经岁月装订在泛黄的画面上。更见你红袖低垂，在桥畔演一出飘逸，逝水汩汩，洗涤尘世的浮华辞藻，悄然独立的你，眼眸中有花落无声，眉梢间是哀愁淡淡。

倘若我是年少的观花客，只因一袭青衫薄，被你流转的眼波看到，那么我可以全身而退，因为陌上红颜，你是那样一个情意绵绵并且带有几分狐媚的女子。你听伴云来说我是江湖侠客，一见面才知道我是个多情诗人。你对我说，诗人，听说你喜欢题诗在红叶上，为何让文字变得一文也不值？又是一阵风吹过，我抱手作答，我是文化摆渡人，不是生意人，我要的是那枚红叶卜水而去，有人接流……

漏断鸣一晌，有客来相访。此客名字乃可从李义山笔下"始复饶君雪里开"里寻到，据我所知除了李白之外，似乎很少有名诗人写作不提到他的名字。此客是不请自来，并非我相见来时偏不见，只因我当时在旅行社接洽业务，有负他此行。他来的目的我不得知晓，似乎听他说是访蜀道。

我知道，君是一副"红杏青帘，唯我独尊"的个性，但是在逼仄的生活中又显得十分仓促。请君听我言：世路有三千，名利误眼前。每一条路都可以有不一样的人生，只看你的选择是通向哪一程？最后君走了，带走了他憧憬着的旷世之业，给我留下了不解之缘。

谁踏着泥泞的路，如黛的山峦已经隐约在暮霭之中。我一个人徘徊，早早离去了红颜。只记得她临走的时候说了一句：请君莫奏前朝曲……我想，是啊，君如同陌上的一粒尘埃，落在了遥远。前朝旧梦已成空，一如人之作古，何不醉在今朝，把握住世事与流年？回眸，无人同我语，想必明日会有像我一样的看花人。

对面走来的是陌上寒烟，告诉我红颜生病了，在屋里调息。人无样样好，花无日日红。惜花经风雨，爱月多圆缺。于是，我与寒烟同往探望红颜的情况。通过一番对话，我才知道红颜得的是心病，她心中爱慕的是一个轩窗下的布衣书生，书生进京攻读去了，两人没有感情基础，更何况红颜已经年满二十六岁，没有时间再等下去，只好答应了一个台湾人的结婚请求。

红颜在病榻上问我：做不成你百合的妻，你会不会把我忘记？我摇着头：怎么会呢？我在想那位书生想必是个"陌上谁家年少足风流"的人物。等到桂花飘香时，眼泪飞上了嫁裳，他会不会知道？如果书生不去攻读，或许两人的人生会发生巨大的变化，难道像红颜这样的花魁还敌不过那几堆破纸和一本证书？

过不了多久，红颜真的出嫁了，从此与我天涯殊途，分隔在红尘的两端。人生恰似三月花，开放的时候被人错过，凋谢的时候被人遗忘。你的美一缕飘散，在我去不了的地方。思前想后，这样的爱情悲剧太现实了，我手里握着红颜临别时送我的那一枝残花，心情久久难以平静。我知道这枝花是她从陌上采来的，用意我也知道。

洞房花烛遇知己，频将眼泪洒心曲，多少有情人，终难成眷属。
人间天上，茫茫碧落，痴心只一诺，光阴两不负。

——《菩萨蛮》

　　世事难料，泪点难消。如果春风不改，三月的窗帷不揭，青石板街道已经向晚，马蹄踏往西郊，那么所有的故事都不会发生。红颜还是江南的闺秀，在窗下做女红，阶前的石榴花，断无一丝消息向人传达。都只怪那一阵风呵，轻轻地将隔世的宿缘卷起，卷起又隔着明日的天涯。

　　盛世的寂寞，凋谢的时光，繁华是一段寂寂散去的琴声，只因当时年少青衫薄，为我拂去曲终的悲哀。而今，我缓缓行于回归的陌上，望着那烟里的一树繁花，摇曳在万丈红尘中，我也只拈花一笑。流水汩汩，滑过忧伤的眼角，而那久违的一枝繁花，更不经意在人生的某个转角，悄悄重逢于擦肩的卖花担上。

清欢有你

花褪残红，青杏犹小。我在等待驿寄的梅花，想感受那弹指的芳华。短剑在青玉案上低回，你为我研的翰墨早已风干，新题的那页桃花笺染上了我寄托思念的泪水，谁留在我身边？在回忆昨天，潮汐生海面，那时的誓言只是个欺骗。沧海月明，你会想起谁？我焦急的目光望穿了今年的秋水，也望断了天涯的归路。心随海岸，总叹云梦太过短暂。情捎山川，夜里的月光十分清寒。我就这样以守望的姿势，屈指着春秋的演变，迎送着大雁斜飞的往来。

白日青衫云脚低，指扣断桥花开迟。

垂帘又见高唐雨，水涸湘江未可知。

一帘幽梦渐渐落下，暮色里沉去了晚霞。沧海水模糊，是谁在挑灯引路？惊起了一滩鸥鹭，惹忘忧万种。正是豆蔻梢头二月初，我掩着昔日的门扉，想着早晨桥头上相逢的白马，前世注定的是尘缘，如果有因，是否会带来良人相伴？而我一笛一衫山边还？

落花人独立，微雨燕双飞。去年的春恨，姗姗来迟。胜日寻芳，白衣未回。谁因眼儿媚，而为汾酒醉？口里吟出断章和残句，笔底生出或浓或淡的烟霞，却不知眼前如画？

一不小心，枝头上的落花似坠楼的美人，一下子砸疼了我的马背，让我跌入了小杜那珠帘卷上总不如的扬州，柳如是那湖上草旁寄余生的金陵。仿佛，桃花正开在三月的渡口，谁与我盈盈一握，直下南塘？我的伊人在绣帘里理着白团扇，似皎皎的月儿，不说话，仿佛白茫茫的水面上，刚落下一朵桃花染。

梦回酒醒，我就在早春画所徘徊，却不见佳人的身影。眼前只有楼台被寂寞深锁，帘幕冷清地低掩。去年春天离别的愁恨，而今又上心头。落英缤纷微雨绵绵，孤寂的人茫然伫立，双飞的燕子呢喃。还记得与你初次相见的情景，单薄的罗衣，绘有双重的心字，轻弄着琵琶诉说相思之情。当时的明月，依旧挂在天边，彩云轻盈地飘然而去，而此刻的你在哪里？

> 清风吹断羽衣梦，雨打后庭水池开。
> 轻言洞中能度化，侍女自从天宫来。

情不问因果，一切皆是必然。你是我倾城的恋人，我就这样思念着你。不知道，你是否还为我守信抱柱？如果一切如当初，那又为何不停下远行的脚步？请让我伏在你胸前泣诉：从别后，忆相逢，几回魂梦与君同。你含泪地点头，然后我破涕为笑，我们是前世就种下的人间姻缘。

歌管楼台声细细，此生只向花间娶。你午后醒来偶凭栏，纤纤玉手懒持扇。对镜重梳妆，蛾眉画作远山长，舞低了杨柳，笑罢了春风，彩袖殷勤，掩饰了欢快的醉颜。

我说男子宜清瘦，女子慕丰姿，我们是郎才女貌，比翼双飞？

你说书中自有颜如玉，你就是雨的印记落在我的诗词里翩翩飞舞，与我弹琴又一曲？

你高挑，你蛮腰，你是二十四字的小令，你是月宫嫦娥的一抹窈窕。我要告诉你，是绝对的情，在迟迟地到来，想把你留住。超越了世俗的礼法，我的爱就躲在阁楼上。这不是凡间的爱，我只为你，驻足在天上人间。

山城与沧海入画，银汉兰桥坠飞花。不管许多，你是绝世倾城的容颜。是你多情的瞬间，让我爱慕今夜不眠。柳下，酒家，弦上的音符在跳跃出入，悄然如片片蝶舞，飘过了西江月，撒落在七夕的天阶，飞羽换作了你的衣袂翩翩，被风吹开在我的眼帘。

七夕遥见天阶渺，牛郎织女度鹊桥。

河汉飞星水清浅，万户乞巧共今宵。

最后，我仰望着天上的光亮，轻摇团圆扇一缕青丝长，多牵盼，凝望着胭脂泪下的云裳，渐渐浓缩成书中那最后的一阕断章。从此，我想做一颗拱北的星辰，再也不愿从鹊桥走出来，再也不愿去面对一个沉睡的凡间。

梦回秦淮

　　灯影下的桨声，已诉尽千言万语，任凭香风习习，吹散了六朝的梦，也吹不散那首后庭花。月已沉默，照过了画舫，照过了夫子庙，去寻那颗凄楚彷徨的心。依稀我上了你的画舫，原来你在做直播，只作两两相望。眼前流苏坠，画梁绘，琵琶响，滴清泪，落窗扉，一袭香风吹。灯彩之下，你抱着琵琶说："秦淮河的水是绿绿的，染上了一重厚重的铜绿；不似那西湖的水冷冷的，洒满了传奇人的眼泪；也不似那洞庭的水淡淡的，适合来一曲《渔舟唱晚》。"

　　我说："这里就是一个销金窝，六朝梦破的温柔乡。晚晴，你不应该藏身在这里，跟我走吧！"

　　你没有迟疑，伸出了纤纤玉手，让我接着你的手走下了那艘热闹的画舫。当远离了那些围观的人群后，你与我面对面地说："你就是我要寻找的那个人，你的出现我等了好久！"今生誓言相守，生生世世都如此，相望着手牵着手，我的泪光模糊了你的脸。

　　　　漫秀锦瑟不轻弹，凡心一动落仙班。
　　　　当年云水朝相对，长向瑶台思牡丹。

　　从那以后，我们一起回到了碧城，总是形影不离。风起帘动，记得在柳下横挑绿绮的时候，有过流水葬花的相逢。依稀白鹤乘虚，高山短亭；依稀青锋纵横，岁月如梭。我打马走过了谢家桥，双眼望穿了秋娘渡，只为等候与你步上人间的一尾暗香，在一朵又一朵盛开的荷盘中与你盈盈一握。是否红尘里的每一次邂逅，都会这样生生世世地轮回不休？山重水复的思量，经不起岁月的考验，我已关上了房门，一生都写在了纸上。

当爱已成往事，放不下的是前缘，我却还在河汉徘徊。等到浮花浪蕊都尽，你我如何缘定三生，死守一夕盟约？是谁？一句话让你欲心碎、爱相随。是谁？一个转身让你守望在下一个轮回，痛哭流泪。时间过了半载，我想带你回去见见世面，散一下心情，说："我们去金陵吧？我要到那里的红豆山庄收一笔不薄的账。"

你点头，对我泯然一笑。于是我们连夜收拾行李，准备出发。

> 朝来春雨坐晚亭，片云出岫罩金陵。
> 手把芙蓉总如此，清颜一夜到玉京。

风雨史册，只是魂归。三月枝头徒看伤悲，谁能够等到三生轮回？一抹朱颜退，醉了秦淮千年的水。当青萍起于微风之末，我眼里已无前人之思，这里是故国三千里，这里是繁华的金陵，这里曾是南唐后主与小周后的伤心地。至你离去，只有诗人的一袭青衫在风里消瘦，翻卷着流霞。

那一朵刚冒出水面的芙蓉，是我随手采下来给你的，不想你竟然带着它到了我们向往的六朝京城。抬头望着出岫的云朵，一路的风尘都被洗去。我们找了个亭子坐下来，我静静地端详着你那张素洁的脸，问："你怎么不爱施脂粉了？"

你说："今时不同往日，芙蓉应笑我不肯露真容。"

我们找了个临时的地方安居下来。门外有带雨的柳、含艳的花，清晨还有乱啼的鸟。我总是跑出去看那些市井流人与货贝饮食，然后又跑进屋来。如此进进出出，你终于生气了，这是我第一次见你生气，我解释是因为情，你把酒杯倒满，一下递给我说："喝酒！"

> 吟成半枝雨犹艳，凤城鸟啼白门柳。
> 离入出合长关情，红粉一气劝进酒。

你换上一袭粉红纱纹裙，与我一起去红豆山庄找财神爷收账。财神爷皱眉说："花钱就是花福报，福报还需钱积累！事做好了钱自然来，但是钱多了，自己的品行不一定运转得了，加大自己的财库就要提升自己的品行！"结果，我们没有白走这一趟，很顺利地得到了白银千两。原本以为你一定会高兴地笑一笑，可是却一直沉静着脸，不知道在想些什么，我也不知道是不是还在生我的气。

默默地走在山道上，两旁的树已经开始落叶了，叶子飘零在水之湄，山色透射出一抹红晕来。半晌，你开口说："我想去拜访一下文坛巨星金庸？"我知道你是想给我找一条成才之路，心里不是很乐意，但是并不好反对。

千金难得博一笑，红豆堪采在山庄。
随意芳草事也可，不教知己费泪行。

门外的梦花已凋谢了萼华，我们暂时留了下来。一大清早，你换了一袭粉红纱纹裙在身上，一直坐在梳妆台前化妆个不停，我已经很久没见你这样打扮了。昨夜，我们已经商量好了，今天去拜访金庸。我的性子急了些，一直催你："妆化好了吗？"你让我再等等，我嘀咕着："我们现在居无定所，你那么娇小玲珑，两弯翠眉早就画好了，还让我再等。"

萼华依依无定所，玲珑小巧出玉堂。
翠眉早画终须待，镜前拂去半面妆。

一枝桃花，早晚复相逢。那时我正把酒祝东风，满面从容。我催得你不耐烦了，原本心情就有些复杂，你"啪"的一下子把梳妆匣关了。然后，你说："还是让我一个人去好了，这种场合你还没有经验呢！"

昔日浪生横波目，归来望穿流泪泉。
读书安得添香成，红袖共枕难两全。

我待在屋子里，来到梳妆镜前，不由想起往日陪伴你梳妆的情形。你坐着，我站在你的身旁，你那一双横波目，让我久久地凝视，难以忘怀。直到我的眼终于流成双泪泉，才意识到自己真的不敢想象，如果没有你，我该怎么活？等着，等着，我从早晨等到中午，又从中午等到傍晚，还是不见你回来。我剪烛开了花，相思竟然成遗忘，几颗星辰等回望，无心的执着一切都值得。何去何从？空赋满纸云烟。注定的孤单泪落下，亲手写下的雪片飘撒，云罗香佩随风去，红尘别经年笑看浮沉，试着去感悟，纵然隔着万水千山，青丝短，此情难断。

一直等到近晚，你方才回来。你一身倦怠地坐下，说："好姐妹留吃饭，所以回来得晚了，你吃过了吗？"我点了点头，到一边翻书看。你又说："金庸送给你一句话'青衫磊落险峰行'，还劝你不要入仕，做一名文人。"然后给我点了一炷香，见我不理你，就铺开被子，自个儿先睡了。

乘槎海上不羡仙，风细琼楼近明月。

碧玉妆成君莫追，银碗舀水旧有约。

这一觉睡得很香很沉，我是喜欢握着你的手睡的，曾笑说是怕把你在梦里弄丢了。不想这一觉真的把你在梦里弄丢了，我梦见自己乘槎到了海峤，风细远处有琼楼玉宇，见到了海上琼仙，纷纷踏波散金莲。忽然，我听见有位仙子在呼唤我，说："你是谁？怎么会到蓬莱？"我不知所措地回答："我迷路了？是晚晴仙子带我来的，你不是我家回春堂打杂的丫头钰儿吗？"丫头摇身一变，说："我不就是晚晴吗？我前世是有约定的，曾经有人借银碗舀水，定下誓言！"我终于明白，开玩笑说："仙凡有别，我就是舀水的神仙，所以错打凡间啊！"

此时，已接近天亮，我做一场春梦还未醒呢，在梦里下意识地握你的手，结果握了个空，也就从梦里醒了过来。你果然已经起床了，人又不在屋子里，我急忙起身去寻你，出门一找，发现你在河流边洗衣裳。我赶过去帮你的时候，你已经洗好了衣裳，端着盆子往回走来了，你将扇子朝我的面上拂了一下，也不跟我说话。

桃花仿佛落尽了胭脂雪，一曲董贞的《云笙叹》还回绕在我耳畔，让人流连忘返。醉梦着仙霖，淡然了人间的是非，一颗执着的心，在悄然间隐退。风吹过来，我身旁那一树桃花早已错过了季节，荡然无存了。

春梦来入未觉晓，香消殆尽河东纱。

扇底一拂苦相忆，只怜风中立桃花。

满城飞絮，绣帘高卷。我要马不停蹄地赶上这个春天，与你在衣香鬓影里，立青冢之誓，永结蓝桥之好。一别经年，是否还会有罗裳，为我一曲舞纤腰？月明如素愁不眠，轩窗依旧望素笺。一场蝴蝶黄时的雨，仿佛你扇底摇出的香，让我至今难忘。

帘卷西风，我饮酒作诗，一边看枝头上的小鸟。忽然见你双眼泪下，我问："怎么了？"你点了点头，拭去了眼泪，说："如果有一天我飘零不在你的身旁，你会怎样？"

我说："我一定会身心憔悴，忆你，等你，寻你。"你又说："金陵城太假了，不过是用来迷惑那些贪恋虚荣繁华的人！我一点也不想回去！"我说："也许那就只是一座名副其实的石头城吧？"

卷叶吹作玉笛幽，早芳暗结相思楼。

燕尾双去人何在，柳丝飞上古筝愁。

燕子飞去多时，柳叶已经曲卷了，玉笛声渐，我寻声而去，是谁在楼上吹笛呢？这一出门才发现这一带的市面变化很大，新盖了很多楼宇。丝竹声环绕着的城郭，远去了花间的晚课。雨落如昨，路上行人很多，墙里秋千墙外道，何处觅芳草？是谁在纵横大卜，还是在追逐春风？笛声忽然停了下来，我寻不着吹笛之人便往回走，心里暗思：好久没有听你用古筝弹那首《妆台秋思》了。路上红叶一片片飘落，覆了满地。如此美景，我想何不索性到处走走？

落魄离人酒中巷，风尘一遇有奇香。

不是罗幕早惊秋，只为先斗画眉长。

　　半路风尘，见到一条酒巷，一阵香气扑鼻，我走了进去。一枝桃花今得气，美人浅醉笑春风。一怀心事杳然如流水，多少油壁香车不再逢？我只是个过客，在烟花三月的城池，去乐器坊里挑一把上好的古琴，然后马不停蹄地去追你的一袭环佩叮咚。在你必经的酒肆，我在守候着你的芳踪。

　　一弦一柱思华年，我抚过了七弦，飞舞着蝶恋，为何你还不出现？是要等桃花开遍了枝头，还是要等我的一曲方休？不想我前脚刚进，你后脚就赶到了。我们靠近窗边坐着，罗幕高卷。你说："真是，天凉好个秋！你还记得自己做过游仙的梦么？"

　　我说："怎么会忘啊？"你笑了。我听见有鸟啼，转身出去看看，只见到柳条低垂，柳叶曲卷，鸟早飞走了。我靠近柳枝轻轻一吹，那些枯黄的柳叶就上下乱跳了。你从酒坊跑了出来，抓住我的手说："怎么这么大个人了，还像小孩一样无聊？进去，喝酒！"这是我第二次见到你生气了，有些无措。

鸭炉香消望归门，玉盘结成翡翠恨。

依稀把盏无语天，雨后秋千落风筝。

　　回到了家门，你为卧房熏了一炉子的香。我踱步出门口，只见玉盘已经高挂在天了。你摸着自己手上的翡翠镯子，似有无限的恨，想必都是那一段岁月让你还未忘怀吧？我手把着酒盏，说："今年春天你放的风筝，还挂在秋千边的树上呢。"

　　忽然，一阵骤雨下起来了，不想雨落一场，只是成殇。青青子佩，悠悠我心，我佩戴的是一枚玉坠，让你暗解相思，百转千回。说什么盂兰盆会太遥远，瑶池不是刚罢了一场美宴？你我是乘虚而上，直追青云？还是相依而泣，落泪成殇？可笑的是，到老都只是花开花谢一场。留在了梦里，先前的经历原来是一个梦，我听见了云璈的声音拔地而起，忧伤而又嘹亮，仿佛是董双成翩翩在瑶池前，反弹着一曲天上盛况的爱殇……

星之所在

仲夏夜里，儿时的我喜欢坐在院子的角落里，跟先生下五子连珠棋。有一次，我们棋走半局，仰望葡萄架上，天空忽然冒出来一群星辰，这本来是很平常的事情，可是这晚的星辰特别地明亮，有一颗小星飞现在我头顶上方一闪一闪地，仿佛在对我眨眼。积善之家，必有余庆。家家户户的笙歌都散尽了，我们停下了棋，起身凝望星辰。

离愁别恨鹊桥夜，不忍相思年复年。怎奈人间梭短情长，天河阻断我会不会遗忘？天上一光年，我心上一瞬间会不停地忧伤？画轩初探正梳妆，多愁怎堪星光乱？披裳凭栏，俯眺两岸流水迢迢，喜鹊翩翩，为谁搭桥忙？

> 画屏彻夜凉，点烛银河行。
> 夜里不思眠，遥见少微星。

流萤点点落仙乡，一年一度的好风光。一口井盛满太多甘甜，上面挂满了清凉欲滴的葡萄，被盛在渴望里。一景一物，惊动了我的望眼，风起的时候，你却不在身边。我在构思有你的未来，画上的蝴蝶却迟迟不到窗前，飞越我的视线。一闪一闪地，有人使轻罗小扇在池塘边追逐嬉戏，然后成双坐看天阶夜色凉如水。

我趴在玻璃圆桌上吃西瓜，有流水的清音潺潺，阳台上晾满了衣服，还有画帘当风。酒旗临空，晚宴散去。仰望星楼的星座，先生指着远处对我说：天上那七颗聚在一起的星宿是七仙女星，又叫作七姊妹星。西边那颗是参星，与商星一西一东，此出彼没，一白一赤，永不相见。中间那颗是岁星，东方朔是也。

我不解地问：那诗仙李白是什么星？

先生说：这可不好言说，因为有三颗星是很大的，早晨出现在东方的那颗叫启明，傍晚出现在西方的那颗叫长庚，是颗昏星，这三颗星数太白最亮。

原来如此。藤为床，纸糊的窗，木格轩窗帘幕皆依旧明亮，天地浩阔扶摇而直上广寒深锁。青女素娥俱耐冷，蜡烛秋光冷了如画的屏风，画屏里的人儿飞奔在渺渺的碧落。一眼千年，仿佛有流光从眼前划过。

> 空望堪悲水中月，点烛高堂书报家。
> 小怜红裙飞星使，一夜更添锦上花。

红烛掩映西窗启，又见文星入夜台。这一夜我玩了史玉柱创造的一款仙侠游戏，然后在碧纱橱做了好长的一个梦：

梦境之中，天上忽然降下一道绳梯，我从西南拾级而上，睁眼已在云中。我提笔在斑斓的银河里徜徉，满天星辰霜里斗婵娟，下面迢迢人间挂满芙蓉帐，流萤飞舞，微步波心轻罗小扇追逐。我抬头望星星就在眼前，嵌在天空如同莲子长在莲蓬里一样，大的如坛，小的如杯。我试着伸手去采，大的采不动，小的似乎可以摘取，于是顺手摘了一颗，藏在袖内。忽然，我见到龙车赶来，上面有推云童子在说："雷神行雨来了！"我急忙沿着绳梯往下掉，袖内那颗星辰收缩如萤般飞走了。醒来后仿佛记得它对我说："我是你的本命星——南海观保，等你看到牛郎挑花担就可以成名了！"

成名？这并不是我的理想。我只想有一个织女一样痴情的女子，在等着我说：君未成名我未嫁。可叹人间有座美丽的南海星城，天机织就七彩星光，我们是天坛的两颗星，终将汇合在一起！

啊！小河欢快地流过我门前，清澈得可以照见纯洁的心灵，我叠一只纸做的相思船，让它驶向那传说中美丽的月亮湾。我渴望骑竹马来你的床前绕，你弯着嘴角对我笑，你说十五的月亮那样圆，十五年后你嫁到我身边。从此，我扳着指头一天一天地数，一年一年地盼，一直等到你出嫁的那个早晨。

迷楼挂斗山河在，月观横空天亮前。梦里成遥隔，却望水晶帘。花落盆底，雨过轩窗。追忆人生路，魂消珊枕边。

——《菩萨蛮》

春去秋来等待，寒来暑往任我思念，叶黄天昏无奈，黄泉海畔还有我在。普度众生梦想，已随风轻轻飘过，曾经誓言爱恨，今夕已过眼云烟，宿命轮转，期望新的明天，而今天仍未改变。千万里我又走过，身旁却无你相伴，我的诺言一百万朵海棠花开，你等着它们会绽放。

那珍藏在抽屉里的海螺，我抚摸着留恋往事，看它散发出光艳夺目，一直陪伴我读书。某一天，小外甥在玉屏桥边要钱买糖吃，我给了他两元钱。糖很快买来了，是一只小小的塑料篮子，里面装着几颗麦芽糖，篮子上绘着的画正是牛郎挑花担。也是在此时，我画的一幅《流星堡》获得一等奖，从而在画坛一朝成名。

我的眼前是无边的风景，挂着蓝色的图画，原来一切都是那么真实。我曾在最美的夜空眨眼，我的梦是最闪亮的星光。天堂在上，我焚香，盼圆满，人生被点亮。

仙境传说

繁华红尘中任我逍遥，把酒尽欢莫虚度春宵。我对心然说此后有你为伴，缤纷几多朝！我们共沉醉轻盈舞蹈，富贵名利两手皆放，云游四方无所牵挂。

心然说名剑不孤单，有香花同在，一缕青丝随君天涯……

于是繁华红尘中任我们逍遥，举杯望月醉看美人笑。

十里长街碧池连，玄石桥上看神仙，

青钱万贯春无价，云楼红袖白马纷。

风尘聚散，洛水城北又见青衫。那个曾经在望月川长叹的男子，此刻正停下了行程，与心然一起在洛水城里漫步。白驹马与油纸伞在烟雨朦胧处相逢，一支兰花桨蜿蜒入巷，韵味无比悠长。栀子花香，叫卖声回环了白昼未央。西边望去，一一风荷举。我们斗酒千盅醉卧云楼旁，欲用白璧青钱买春无价。柳色掩饰的洛水城，是一个一年四季都洒满阳光和财富的地方，鱼贯流水，运通四方，不知招来了多少侠骨之士和风流才俊。城北的小盘谷，开满了芍药，仿佛早春方归，燕子才回，这里是一个人生的起点。从这里出发是通向青云岭的路，岭上有轮回台，如果有谁登上轮回台，就可以穿越到从前和未来，一览无穷。

考盘在涧过，清溪村边走。我们一剑独行春山坳，盘旋而上青云岭。

停坐在小轩，把酒话桑田。风吹帘卷，有银杏飘落在山岩边。

起身回梦云峰仙乡，青山幽谷白鹤成行。飞絮轻点湖如镜，青空流过纱织云。这里就是传说中的轮回台，芸芸众生就在我们的眼底。玉笛声渐，青鸾箜篌响。我记起有个叫心然的女子，据轮回显示，是三生以前与她在青云岭相识。

一别经年仍否有霓裳？千年还似一梦，前尘已茫茫。

自古痴心多离恨，谁言别后才懂牵肠？心然，如今我独敛衣袂倚斜阳，只是留待后人纷纭一世作痴狂。那一世，太多誓言和青葱岁月，风吹过，谁的画面，一别沧海桑田？轮回，轮回，是谁对岁月留住？望川月明，找不到归去的路？

一曲离殇吟，含咽无语诉。桃花初放声，唯留悠悠清泉流。我望见你素手绾青丝，玉簪隐花钿。帘卷西风残，烛泪落千行，谁将情丝寄西凉？空惹心事梦成殇。从此长夜影凭栏，唯有琵琶声声弹。弥留枕边的梦，轮回注定重逢。

前世情缘，今生相恋。

为了印证永恒的誓言，我愿化身成蝶，我在小蓬莱翩翩飞舞，来来去去多少仙尘伴侣，只有心然为我留住。一袭侠衣，遥望雨霁仙海，只是魂飞，只是流泪，原来心然就是三生前的知己，今生灵魂归来的守候。

　　青鸾栖花枝，岁岁碧桃心。
　　灵犀只一点，报与西王母。

蚕给自己作茧，化身成蝶，一心只恋花草；我给自己织梦，羽化登仙，眼底是芸芸众生。然，人皆区于阴阳，天地分之上下，水，在烟云茫然处，山，在虚无缥缈间，而人有男女，绝世而独立，女人的情如铜台之露，男人的义似银汉之水！而我的心中只有仗剑前行，只有天下！

空荡荡的，山野之趣得之于茅庐，若无雨，万物不入于目，听之想之，可以终老。流水三千，繁华不再，红尘在方外不驻心间。我只是追求道，道在心中，得之有我，不得无我……

　　夜语共青灯，不眠约兰舟。
　　轮回伤心地，相隔千里愁。

那一世，望月川的飞絮飘落，我们在柳下惜别。相濡以沫，不如相忘于江湖。如今，青衫隔断红尘路，只是情缘无觅处。青冥之下，碧水之上，我一剑拂过，看纷纷花落。衣香鬓影，穷尽几多流年，如何只是桥上路过？

花间彩蝶，寒亭月光，不如醉把瑶琴抚。明日，云舒云卷，花开花落，更有天涯，更有相依前行的天下。

青鸾做伴，你我俊俏，休笑世人不逍遥。

青鸾做伴，你我俊俏，休笑世人不逍遥。

月光初照

月光，在一面珊瑚镜上，串起我的冷热清泪，来照我枕边，清泪似的惆怅。月光，在一本哀情录里，聆听我的长短叹息，来为我翻开，叹息似的绝望……

浮华三千，水天皆为一色，融入俗世的望眼，惊醒了我梦里的深沉，起身离榻，披衣出门，想要辨认模糊的远山如黛，是否几许惨淡？还是几许微凉？秋蛾在路灯周围聚集，一盏茶凉，形影伴随不离，就是行云度月的余生，谁来指点迷津？

　　弄冰弦流水兀自闲，心无所系傲九天。越千山花落青冢前，却辜负了思念。幽谷翠峰何时梦还？一爱至斯尽付笑谈。总参不透天道轮回，是烟非烟冷雨打视线。别经年梦回孤枕边，研新墨一方在案前。风干了似水的流年，徒留三尺长剑。悠悠琴声欲诉还难，一生怅惘为谁弹？几段唏嘘几世悲欢，可叹我命由我做神仙。回首不知少年事，直到流光舞成眠。如花似玉的美人颜。陪谁醉笑白云边，不知双羽飞已倦。任指尖上蝶舞翩跹……

我穿行在清辉的破旧时光，那条漫长的幽径隔着高高的粉墙，长满青苔的石板通向着迷茫与惊慌。飞檐流丹，拱瓦雕梁。鹤唳九天，下临无地。凄凉荒芜的艾草，仙鹤夜宿的松针，出现在难以辨认的陡峭之地。我拾级而上，脚步轻盈，这里是熟悉而又陌生的意境，方外一隅，不类市井，更不是有你存在着的地方，我仿佛在梦游故乡的星岗。

"应是天仙狂醉，乱把白云揉碎。"河里那些破碎的倒影，分明拼凑出虚假的镜子，却泛起羞涩的涟漪，化成了梳妆的你，将我深深地欺骗。山门大开，斗转星移，我却将谁记挂在心上，想要释放心中的愿望？可是矮松翠柏间，一草一木，微妙得触手可及，让我想起了熟悉的景物。左顾右盼，怎么不见我的蓝猫儿？不见了玉屏桥？也不见了河岸边的老家？我的情绪有些失落和悲伤，只是在月下独自彷徨，跟风一样没有方向。这里哪里是故乡？没有流水下滩，没有白云出岫，原来是我无依无靠的灵魂在游荡。

其实对我来说，最大的孤独感来自反省，是不是在过去里失去了自己？现在的我谁是我？未来的我我是谁？假如没有你，我连笑容都有阴影，还有什么事好关心？望烟云，尝泉水，枕琴囊，啖松实的山野之趣，都是自传里才有的场景，先前曲折而委婉的经历，让我看透了一厢情愿的安排。前世今生，无非自导自演的悲剧，感动不了旁人，最后伤心的只剩下自己。

阴间会孟婆，路上无客栈。

亡魂入鬼门，皆登望乡台。

我的眼前晦暗一片，有郁郁苍苍的万年青和灌木丛生的杂草，呈现出来的感观不是很清楚，而是比较模糊。我辗转来到一处，依稀挺立着一张残缺的石碑，墓志铭记载的是名不见经传的平凡，还是一生丰功伟绩的超然？青鸟无语，站在枝头上歌唱，从南方的黑夜一直默然唱到北方的拂晓。没有人告诉我，生命的意义是载入史册？还是一片空白？造化有意，留我于此。孤阴不生，独阳不长。我忘记所有困惑，任凭阴阳旋转，万般法界化为虚空，位居大罗也等闲，这里其实是古月洞天，一座道观，两袖清风而已。

他年心似雪，岭上有歌声。我徒步行走，踩着未干的泥泞，在这凉如青霜的夜晚，残存的是流水呜咽，曲高和寡，扰乱了让人产生迷离的人间。我往回走来时的路，一袭青衫微步过花街的危楼，是通向梦境的出口？远处钟磬敲响的感召，声音再大，也唤不醒熟睡的人，天地之间只有我，一人清醒一人静，为什么被无常的命运摆布，放逐在阴阳相隔的两界？缘，是一个谜团；缘，是永远的痛。缘起，我迎娶了你，你成为我的另一半；缘灭，我埋葬了你，你化作我的白头吟。

钗分泪泉尽，挑灯救飞蛾。

镜子今夜白，不闻良人歌。

一念起，万水千山总是情；一念灭，风轻云淡不是山？

竹林深处，转路边小筑，只影亭边小坐，我与内心对话几度欲哭。苍凉的夜幕，我独揽月下萤火，照亮一纸寂寞，无力地望向故乡的门口，欲开还闭的凄凉，那一扇尘封的过往，告诉老屋的供堂我没有归来过。风波难定菱枝弱，露水谁闻桂叶香？偌大的世界，云烟幻化不出当年的模样，谁还认得我？我在一个地方待久了，也会产生感情，但是始终忘不掉故乡。人生过半，暮气横秋，梦里不知身是客，被名利耽误，只是前尘以后，一切信念还依旧吗？天上人间，有人起舞翩跹，让人眼花缭乱？是红拂女的衣带长虹？还是鱼玄机的笑靥如花？总之，我只是一个过客，阅尽无数人物，天涯度过了华年。

月光，从来都是意绵绵心有相思弦，指纤纤衷曲复牵连。月光，从来都是良宵苦短只恨风吹流苏让人徘徊，多聚散，照亮半边天……

山水入画

　　记得平日里，我安住近水楼台，悠闲自在，与朋友品茗论道，亲近大自然的美好怡人。山谷中处处人家，听莺啼恰恰，看柳色莹润，正是春和景明，气象翻新。我喜欢在室内绘画做平面设计，也喜欢欣赏画展买来的精品图画，据说《千里江山图》是十八岁天才画家王希孟传世的唯一作品，堪称画坛奇迹。他没有文学天才王勃那么出名，"时来风送滕王阁，海上应邀驾云去"，但是都是早年得道，落笔惊人，无人可比。

　　　　乘船见紫氛，徒劳起风波。
　　　　平生仗正直，天海任穿梭。

　　此幅图画价值不同凡响，描绘了祖国的锦绣河山，予以浓缩。画面上峰峦起伏绵延，江河烟波浩渺，气象万千，壮丽恢宏。山间高崖飞瀑，曲径通幽，房舍屋宇点缀其间，绿柳红花，长松修竹，景色秀丽。山水间野渡渔村，水榭楼台，茅屋草舍，水磨长桥各依地势环境而设，与山川河流相辉映。此卷以概括精练的手法，绚丽的色彩和工细的笔致表现出祖国山河的雄伟壮观，一向被视为青绿山水中的巨制结构。

　　我撷梦枕头，慢舒长袖，展开绵延不绝的精致画卷，目不暇接，片刻找到画中主峰所在的位置，不用过多解释，这正好对应人间帝王的地位。风云任由叱咤，江山谁主沉浮？不由得让我想到了风水学的蜻蜓点水穴，是风流人物必然归位。我是中医系毕业的学生，知道人体有穴位，对应大小环境以及星辰天体，当然山川湖泊也有穴位，得气则有无限生机。观风水可以知吉凶，常言出门看天色。我听说寻龙点穴有方法："清晨上山云遮雾绕之处，夏天中午雾气腾腾之处，大雨过后先干之处，大雪过后先融之处，挖土三尺见七彩土之处，周围烧光没有烧着之处。"越是神秘的知识，越是藏满玄机。县内最佳的度假胜地应该是桃花源，而不是凤凰山，只是我走过最多的地点还是玉屏桥，在风雨中自在逍遥。

> 熏风凉习习，不眠思故卿。
> 此情成缱绻，遥见满天星。

平凡人以眼观世界，见山是山，见水是水。而我喜欢以心观世界，山为神州，水为四海。我自创的图画有巴山夜雨、长城烽烟、塞外草原、武陵桃花、海南椰林、大漠驼铃、洞庭风波、西湖雷峰、峨眉金顶、普陀梵音，还有天池雪莲、阳关垂柳。自娱自乐，不求待价而沽。我有机会了，一定要身临其境，呼吸浩然仙气。

我儿时的理想，就是成为一名画家，但是十五的月亮我怎么也画不圆满，别人出了嫁，我还待在家，从此不再绘画。画是一湾山水，山水好似一幅画。画还可以写成诗，诗也能给人画的感觉，比如"危楼高百尺，手可摘星辰。不敢高声语，恐惊天上人"。无边苦雨落如丝，拈花一朵说闲愁。风干了翰墨，我起身凝望一湾春江水，故人吹笛柳梦中，对饮一杯又如何？一阵风吹过，吹乱红的绿的，影影绰绰。多少人一笑而过，悠悠然无人来贺，是否也是一种宿命的选择？

当风起海内的时候，我正值烟雨年华，适合携二三知己，一起醉酒赏月，说不定天宇偶尔掉下东西，会有意想不到的收获。此时一杯清酒定乾坤，风动旗动心不动，万般离索的思绪，欲罢不休，竟然化作了李白的《静夜思》："床前明月光，疑是地上霜。举头望明月，低头思故乡。"原来梦里山水就是故乡，衣锦好还，是落叶归根的地方。

雨中晨铃

花开花落，飞过水榭有几朵？佳期错过，相思无处寄托。砚台闲了琴弦，惹起水生横波，试问，做对鸳鸯消得么？你我隔着竹桥，任凭雨的印记，落在眉间心上，我只是用毫笔轻轻将你临摹，纸上显得有些杂乱无措。

> 帘雨霖铃终不闻，眉间思无穷。携手佳人既相逢，含羞折残红。
> 人间久别堪惆怅，何时来入梦？纵使春江都是泪，流不到，画屏东。
>
> ——《武陵春》

仿佛我就身处一方，手中的油纸伞，撑开天青色的面，我在伞底等烟雨。风起的那一天，你也路过了这里，你从南岸来，走进我眼底，你的衣袖带着烟，仿佛那时的天气，阴霾中下着雨，是浅浅的调皮。柳絮飘，眼儿焦，如今的你在哪里？站在了玉屏桥，隔水在画里。手中的油纸伞，撑开天青色的面，我在桥头等着你。

"十年修得同船渡，百年修得共枕眠。"我想要倾诉：曾经对于爱情，我所期待的是面对面的缘分，在对的时间遇上那么一个对的人。然而，有相遇方有相识，上之；有相亲方有相见，下之。总之，有相求必有相负，有相知才有相许。

千里姻缘一线牵，油壁香车不再逢。你的面为何来如梦，去似风？两个人的世界，容不下天各一方的时光，谁说相爱只是空幻一场？烟雨纷扰，前尘以往。别问我来如春梦几多时，去似朝云无觅处？可叹的是梨花总是在春光最盛时凋谢，落满了纸上，宛如世间的玉人也如此。流年偷换，容颜在苍老。谁手提浣花灯，倚门楣，凭此情相记？如今，我们都担当起了家的负荷，转身回望，成了陌路低头走过。

依然会幻想：箜篌仙境，一场迷雾隐弦琴。一世魂入眼眸，一砚笔墨为谁留？我忘记了世俗的情爱，只想醉极弹歌一曲，为你，一直弹到花事了。不知，梦与我孰为真？

　　　路漫漫，水迢迢，君闻雷声车马遥，断无石榴满眼娇。
　　　月半弯，星光照，人间若是长相守，伤心不到奈何桥。

——《云归乡》

临水楼台艳，长堤柳色漫如烟，一带春风吹粉岸，家家团扇斗婵娟，风流才子无数，是谁让你琵琶半遮半掩，几多垂帘？新浪翻雨，鱼传尺素是美化的理想，我愿做红尘外的一池水，清澈见底不染尘。抚一曲离殇，一盏茶香。见紫气东来，心思如行云流水脚步碎，眉间上锁怎么落笔都不对，弹指岁月，徒留胭脂的香味。

那个渡口，是否还泊着你我共度的时光？我曾为你撑着雨伞，一路让船只向彼岸起航。我的闲愁在一枚红叶上，你的闲愁在哪里？情，有心中爱慕之情，有托付终身之情。我希望是因爱而订终身，而不是因托付而去爱彼此。只是这么小小的愿望没有多少人能够实现，姻缘的线从来都是阴差阳错，离谱得让自己无法适从，以至忧心忡忡一辈子。我要找的人，只是在一个未知里。想人生不如意的十有八九，如鱼饮水，冷暖自知。一世情缘，两厢成全而已。时光回不到从前，相见只是一条漫长的曲线。我于这一路红尘，要追寻的只是一个遥不可及的梦。

　　　去年花开时，门前溪水涨。郎船偷相会，共结合欢帐。
　　　今年花早谢，只作湖上望。雨打鸳鸯飞，对影空惆怅。

——《生查子》

哀哉！儿女情长何时了？仙本不思凡，误落在人间。何不异日图将好景，归去天池夸？榻上眠时，并飞红雨。西风多少恨，吹不散眉弯。当白莲寺的钟声一次又一次传入我的耳畔，我也只是在栖霞山寻找那最后一片飘落的红叶。不上爱晚亭，谁人获芳心？山不在高，水不在深，一遇知音即为邻。而你就站在永恒之地，唱着一首动听的《仙尘谣》。我要来寻你，于这万丈软尘，一路风度翩翩涉水而来。

是谁，化育西湖唱渡情？我之魂浮云山间，心情恰似花底浪，水流无限，闲愁无限，疾风细雨长来催我，唯有一梦长相随？

流水落花归去也，别问我是谁？泉水曾是观世音的一滴露。

流水落花归去也，别问我是谁？泉水曾是李太白的一壶酒。

流水落花归去也，别问我是谁？泉水曾是孔月琛的一坛油。

玉梨前缘

天涯何处觅知音？芳草凄，一肩飘零。泪如凝霜，分红袂，笛声残，落霞飞。烦恼几回望流云，转眼间容颜成憔悴。相濡以沫为情困，过江湖忘是与非。山色近危栏，不见重阳尘难断，流年换杯中酒满。且留一次相遇共春风，归去处烟雨朦胧。缘起又缘灭，终难写。青丝短，情字怎解？任人世来去，剑问苍天，此心依然不变。

剑煮酒无味，饮一杯为谁？初识白衣萧郎，只道他腹内草莽人轻浮，却原来骨骼清奇非俗流，似一朵轻云刚出岫。眉梢眼角藏秀气，声音笑貌露温柔。眼前分明外来客，心底却是旧时友。

雨打梨花深闭门，不闻晓莺入谷声。昨日种种，让我陷入了沉思。风吹流苏，翠簪飘香。当梅雨如豆，苔痕上阶绿的时候，你可曾知否，有人从你的轩窗前打马而过？一袭素衣，一柄长剑，环佩叮咚。是否，你还在等待着那个身影，徘徊着脚步，让眼泪湿透了衣襟？而满庭纷飞的蝴蝶儿，无比轻盈。

一支洞箫一个梦，剑走鹏城与洛阳的白衣萧郎，不读书，江湖状元，不思凡，风流神仙。我们皆非名利客，却是文坛三逍遥。榜眼与探花，注定是谁春风满雁塔？

流水化作一朵早霞，天空一声云鹊，谁来怜惜杨柳纤腰舞婀娜？谁来怜惜青丝三千的落寞？纵然下笔有豆蔻词工，又怎么描绘人情百种？桃花闲池阁的日子，我是青衫客在柳荫里以诗酒度日，轩外的流水静悄，轻数着流年。

坐看云屏无限娇，冷雨秋波湿画桥。

银笺记得当时句，别泪依旧临清晓。

　　岸上忽闻吹水调。是谁？在应官桥纵马，在媚香楼吹箫，满楼红袖招手，向他掷果盈车。而我正在若耶溪泛舟流连，浮想联翩。低眉抬头的瞬间，是萧郎寻芳在人间，豪情不减当年，壮志远在云边，好一个白衣翩翩、风流倜傥的人儿。我举杯，我倾心，在姚家那一树玉梨前，在岁岁花开的昨天。

　　归去也，千里烟波，暮霭沉沉。萧郎走了，一叶浮萍，无处浪迹为家。想必每逢寂寞时，他都在北海吹奏那一支碧玉做成的洞箫，低沉的声音往往只能在梦里向我传来。我在想念甜城的伴云来，是否扶摇直上青云？人生几回留，而我无言独上西楼，真真是一种发自心底的自嘲与无奈。谁教我命中无缘？等不到君王的一句"且去填词，何要浮名"？却已从此与仕途分道，不复进取；与佳人陌路，孑然孤单。

　　春情只到梨花落，片片都洒脱。我一生在纸上，被风吹过。渐渐地冰封前尘，我远去了昔日的名利欢喜场。也远去了王孙公子，一掷千金的痴狂；远去了仕宦工商，勾心斗角的较量。只是一个人走在命运的小道上，独自沉吟，追忆着相聚的时光之痕。

　　燕子飞回时，绿水人家绕。可我望穿了西浦，望穿了兰汀，一盏灯笼高高挂起在忧伤的阁楼，却找不回江湖那一次倾心的相逢。一壶漂泊，到底是穷尽了流水三千，还是换来了烟花易冷？

　　不过是西风瘦马，人在天涯。欲罢还休，三生轮回台上的守望。在那个意乱情迷的江南，曾经住着你我的过往，你的房门半闭欲开，在为谁书写着小楷？白鹤翩翩，遥想当年，为你采下了一朵九品的莲，我正微露笑颜，心事难猜？

漏断滴桐荫，微雨从前铃。伤心画不成，转向画图省。

箫在小楼西，不许愁人听。无语问添衣，吩咐一片心。

——《生查子》

　　有朝一日，风光残照里一起去踏青，走未走过的路，我们算不算相逢？眼前游舟画舫，柔水青山，罗裙环佩，勾栏听曲。还有品不完的红酥软糯、茗茶杏酒，舞不尽的扇底桃花，平生心意。马蹄浅浅踏芳草，青芜一片笼荒烟。但愿君莫凝望，徒留离殇，年年伤春，只道音尘容易绝，此情难忘，谁教书房一缕香？注定，我要经历一尘一劫。为你，一直弹到人间花事了。

　　如今我望断了迷津，风烟满章台。昔我往矣，杨柳青青，今我来折，杨柳还在否？章台柳，章台柳，这人攀了那人折，落入谁人手？世间女子薄命如斯，而我生为男儿，空有一腔相怜意。可是，苦苦寻觅，为何不见了我的玉儿？也不见了我的知己一人谁是。

　　云底人间，仗剑何年？唯有青衫憔悴，把梅煮酒待何时？别问，我为何年少漂泊？别问，我为何一生独叹？

　　记得白玉堂前一树留，昨日忽见数花开。

　　错过了最美的流年，我依然会与你遇见。透过泪光看你的双眼，说，我本是仙，无所谓缘。

御剑江湖

依稀苔藓绿了木屋，路深处翠落的孟宗竹，我手握传世的信物，还在读前世的一纸书，不知此刻身在何处？与世无争，这样毫不高调的为人我是叹服而又很难做到的，因为前世的宿命，让很多事情无法选择。

我喜欢洒脱，一袭青衫飘然于武陵的万丈软尘，结庐而居，以琴会友。山高水低，鸟近花远。不羡鸳鸯不羡仙，比翼双飞我舞剑。八卦炉把雨水煮，残缺的是老茶壶，几里外是蓬蒿的尘土，而这种隐居叫作江湖。

> 马蹄从白道，青衫向山行。
> 平生写诗篇，一计安天下。

满目疮痍，人烟狼藉，谁来听我抚琴？呜咽的古琴声时断时续，邈远而苍凉，一直穿透了天幕。我在等待无双，我仿佛看见他一统江山，绝世而独立在烽火边城。乱了的石堆，乱了的琴弦，乱了的还有我的心。弹不出古老的和弦，充满了尘世的仇恨！看，乱石堆上有雾；听，有人打马而过旧琴台。可是，梦醒来有谁在我身边？

青峦数隐，碧水几重。我还是一个人在天地间，日复一日地虚度光阴。琴闲石案，二月的柳还未发出芽，千条垂下，春风是把剪刀，将心绪裁出了山水画。不闻早莺穿帘声，隐居江湖深闭门。是谁姗姗来迟？且看我左指绿绮羽，横挑坦白的和弦，是相思情未了，潭里鱼儿也得醉。云暂住，波光入，又是一阵风吹拂。

还记得那一日，花落成冢，可是南飞的雁阵惹花儿忧伤？你是我的无双，你一剑舞苍穹，乱了我的琴弦，惹柳絮拂遍了衣裳，不知勾引了谁的眺望？风无言，墨已香，你将剑划过了悲欢离合，舞成了我的旧诗行。我的手指在七弦上起伏，风吹动了流苏，我一眼望去，是灿烂的芳华在你的剑光里舞蹈，落地是片片的桃花笺，染红了季节，诉说着千古不变的忧伤。

> 水，银瓶迸破兵未退，战鼓擂，令旗回不回！
> 水，势不可当断石碑，立马住，一喝见神龟！
> 水，魂飞九霄落头盔，望长空，星辰摇欲坠！
>
> ——《水调》

风尘滚滚，聚散匆匆。你说你的三尺剑，是我回不去的过往。

城门失火，殃及池鱼。花落人亡两不知，这种世道叫作乱世。莫笑年少轻狂，尘缘未央。万里江山如画，风过天地也肃杀，提剑纵白马，几番征战讨伐，血染了桃花。易冷如烟霞，你含泪饮风沙，远去了江南那半遮面反弹着的琵琶。而烛影摇红，映射出了你模糊的容颜在墙上，风吹过了我的帐纱。

谁家天下尽尘烟？进攻和防守，错过了你我的诗酒年华。

仙路烟尘烽火起苍茫，刀兵四动末世成殇。我俩的关系岂如破鞋，可穿可不穿？战甲三千，华丽的开场，银枪白马，是谁在驰骋天下？抵挡不住我铁笛横吹的一阵风沙。看水煮鱼下，生命被杀气笼罩在城下，交错地泯灭，消失不见了华发。

马蹄扬起了尘土，几里外是欢呼。远方满目的烟花，传来了你战败的消息……

世上繁花又开出了几度？兵荒马乱，终入了土。

不见碧落，我在尘世行走五百年，往后没有了你陪伴在身边，一天好似一年。王城式微，仿佛是我一个人的幻想之地。思念的碧血染就桃花，听丝竹声沙哑，其他，都已不在话下。采薇胡不归？该上路了，无尽的小陌蜿蜒向前，簌簌细雨落在了苍茫的视线。

画来画去，画一片云烟之地，难画一个圆满。一别箭矢满天飞舞，渐行渐远，城池几度又春风，盼来和平依旧。眼底花落水流红，闲愁万种。我仗剑江湖，谁会在意落拓青衫成一醉？把剑笑看红尘缘，奈我何也，时间隐去了多少爱恋？你我都微笑着，绝不再见。叹只叹尘缘未央，你我御剑而行，擦肩过江湖两两相忘。一生怅一生惘，人生百年风姿已入古。三千繁华埋葬我在轮回守望，不让应君诺怎能相忘？青锋，青锋，你是我的无双！

江湖一生梦一生误，我心已无主。我敲指头，开始冥想：你所向无敌，为何挡不住我致命的一击？成败，只在一念之间。

落幕。松下的风告诉我：刀剑如梦，不轻易用。苍生为重。

风声鹤唳

梦境：莲花峰上，月出中天，四周青峦数隐碧水几重，我正朗吟飞度，不染纤尘。不经意间，发现伴云来在与一面似修罗的男子恶斗。看似伴云来体力不支，且战且躲，忽然男子凌空一霹雳脚，山间鹤唳，我腾空而上接住伴云来，将其放在龙血树下让他盘腿运功调息。我临空而上，飞飙一掌，只划到男子的风中衣带，暗器随即袭来，我不及闪躲侥幸插到怀中的《清明上河图》上。我追男子到山脚，对峙于两座飞角屋檐上。我问何名，男子答，啸月。一场武斗，天旋地转。我随即灵感来临，口中吟诗一首：

> 青山半天立，西上莲花峰。侧身望明月，仙掌飞孤影。
> 勾瓦生白霜，流星似天马。排空游尺鱼，驭剑争高低。
> 大浪冲石头，火焰落城池。黑白转中央，棋局在四方。
> 运气存丹田，秋风扫落叶。都来二十句，端得上天梯。
>
> ——《正气歌》

此时，风吹衣袂鬓丝乱，双影落，水中荡漾花已葬，自是两败俱伤。我攀在山脚的半壁上，临空出剑。不经意间，呜咽不绝的洞箫声传来，男子望风而逃。原来是白衣萧郎隐匿在暗处，只是不愿现身罢了。

醒来知是一梦，我将梦境说与伴云来，谁料他与我做了同一个梦，至今胸口还隐隐作痛。梦境是虚，胸痛却是实。我提醒伴云来加紧修炼，方可御敌。

就这样我连夜盘坐在龙血树下，借着月光修炼。所谓日中得阳者夜半遇阴而合也，正是天地所赐之良机。我口吐命珠，在流泉山高之处采集灵光。却不料山岗上传来几声尖厉的长啸，天狼星登上了西北方一角。此时正值七夕之期，百鬼夜行，阴风浩荡。我收珠不及，不小心中了邪术。

从此，我的酒量迷失在风月场中，不能自持。我承认自己打坐的定力不及柳下惠，不能坐怀不乱，一场烟花满眼太迷离。

孤掌月明仙影过，秋水佳人惹横波。

西上莲花云烟绕，山隐几点苍松落。

夜幕降临，千斛万斛飞瀑，横出苍松，浮云翩跹着潭影移，天狼星又在天空升起，山岗上又传来了长啸。弄琴弦青丝乱，剑出鞘影分散。风狂妄衣袂翻，云烟一缕斩断。我无法忍受身上的痛苦，让伴云来用绳子把我绑在龙血树上。伴云来一边绑一边说，你一定是在哪里撞了邪，想不到如此厉害。我说等到事情严重，就难以收拾了。伴云来很着急，可又无计可施。我叫他去请止观精真，或许能够帮我走出难关。

伴云来很快请来了止观精真。她查看了我的耳背，说，三魂七魄已经去了两魂，此是中了迷魂术，唯有琴声可解，快去找姬神，请他传授销魂曲。另外，平时多吃糯米粥，多运功驱邪就是了。我说，姬神早已传授我销魂曲，《爱殇》就是其中之一首。伴云来快快弹来！

伴云来盘腿而坐，运功指尖，弹起了《爱殇》。琴声飘飘然渗进我的知觉，我感觉进入了催眠状态，又从催眠中渐渐地清醒过来，如此弦音轻颤，月色又阑珊，我慢慢地忘记了痛楚。止观精真又向我口里送了一颗驱邪丹，然后放心地离去。临行，她给我留下了一本《黄庭》，里面讲述的是道家的内功心法，乃是修仙的云梯。我内心生出喜悦，难以言表十分地感激。

伴云来为我弹销魂曲坚持了很长时间，让我吃过了大量的糯米粥，几经运功，我身上的邪术总算解除了。伴云来长吁了一口气，并告诉我有不少人为争夺《清明上河图》而来。于是，我将此图放在了一个隐秘的地方。

欲喜还愁相见难，分明万重是蓬山。横眉已作三生梦，破情关。

裙钗称心芙蓉残，八岁照镜雨来晚。青鸟殷勤莫负我，为探看。

——《山花子》

　　从此我俩结庐而居，远离江湖纷争，烟云朵朵，流水迢迢，自然相安无事。谁说命运无常？我认为心力强的人掐指会算，虽然不能掌控命运，但是可以改变命运！我们都希望成为这样的人！花轩外有一方水塘，我们照见了自己的动人模样。是梦非梦，浮云醉在了仙境，如诗般的奇遇，似画般的情思，在左右着我超然物外的琴弦。一声叮咚，穿越了千年的轮回，诉说着永恒之地的幻想。

　　浮云归晚翠，松下眠白石。你惊扰了我的梦，我入了你的望眼，太白遨游我为峰，不是人生不相逢，因为我们是隐士。素色同袍，我们行更远的山路，就算留下足迹，遗憾的是我们相识恨晚！想什么呢？未来才是最重要的。随着《仙剑三》进入大众视线，我们得知邪体入侵事件。绿荫处，未见柳絮因风起，波光荡漾。我望着水里自己的影子，怎么感觉温柔得像个女子？我伸手去抚摸，在子规声里唱起了：

　　"铜镜映无邪，扎马尾／你若撒野，今生我把酒奉陪。"

剑问逍遥

莲花峰上，我如列子御风而行，伴云来乘虚而上，紧随其后，我俩来到虹湖上练习剑术。涟漪三叠冲天起，竹喧声里飞莲舟，水光交接处，我们发现石壁上题有一首诗：

> 幽梦已随巫山去，枕畔却隔一层纱。
>
> 碧海潮生摇空绿，化作相思渺无涯。

伴云来询问这首诗是你偶然写的吗？寄托的应该是对人生的感悟和对至情的表达，或许里面还参透了对宦海浮沉和修道生涯的迷惘。我点头问，那是谁刻在这石壁上去的呢？伴云来说是太朴子刻上去的，他是一位得道的仙长，曾经有过一段迷离的往事，不过刻诗抒怀而已。

我仔细看完了山壁上的字，那字乃是用剑轻轻地划上去的，没有超乎寻常的功力是无法办到的。伴云来告诉我，太朴子在巫山缥缈峰摆下了斗转棋局，若有谁能破他的棋局即可结千古之缘，执掌紫电神剑。

我心上一思，正合我意。说，你我何不前往？伴云来说自己在等待甜城的鸿雁传书，还是不去为妙，若我有差池可前往相助。

仙鹤展翅，长风贯顶。我一路遥驰向前，奔赴巫山缥缈峰。

不期我已行云而至，弹指间盘旋在巫山十二峰的山腰之间，见到千层青峰拥碧水，云卷万里一乾坤，只是不知道巫山神女去了哪里？我选定地点落下脚，见到了太朴子的弟子。他说，师父正在闭关，不方便相见。棋局早已布下，至今无人能破。这位弟子起手一指棋枰，示意我对弈。

我端坐神驰，使自己进入平静出神的状态，与布棋局的人用意念来会神交集。我感觉自己像个陌生人闯入了一个诛杀的大阵中，阵中具有强大的气场和光芒。我误打误撞，终于发现了棋的布局跟天上北斗的走向是一致的，它的缺点在于北斗是七显二隐，二隐恰好是生门，我于二隐处落下两子，从生门而出，棋局顿破。

弟子面带喜悦地对我说，恭喜你破了此局，师父早有交代，若是有人破了此局即为道门弟子，掌紫电神剑，匡扶正义。说着，他走向山壁取剑给我。

飞越伴云眠一觉，仙游十里共双桥。

水调一曲人不知，两两相望上玉霄。

说时迟，那时快，一阵黑暗中的旋风扫来，飞沙走石的一刹那剑已被夺走。弟子接了一掌，身退数步，站在我前面掩护，说，来的是黑风，不要惊慌。黑风拿剑在手，说，"今天让你们见识一下我的实力！"忽然青鸟飞来，我知道是伴云来到了。只见他气定神闲地立在我们这一边，大声说，"我已禀告巫山神女有此妖来此兴风作浪，她片刻就会到来。"

黑风担心寡不敌众，一溜烟跑了。我问伴云来，巫山神女真的会来吗？伴云来说，没有的事，我不过虚张声势罢了，还好大家都平安无事。

弟子示意我们跟他进洞府。进去一看，里面还悬挂有一柄剑，隔很远就已经感觉到强大的剑气了。弟子说，黑风会来夺剑，师父早有所料。刚才那把被夺去的剑不过是一把普通的剑而已，这才是真正的紫电剑。他一边说着，一边把剑交给了我。又说，师父有言，返璞归真为四字修道真言，切不可忘。另外此剑需要青霜剑相配，方可合二为一，天下无敌。

我早已知道紫电和青霜是一对夫妻剑，缺一不可。心想：如何才能找到佩带青霜剑的人呢？

伴云来与我返回莲花峰，继续修炼，我俩从不涉足江湖，只是以琴会友，不过问世事。某夜子时，我梦见巫山神女对我说，天生异相，会出现月食，你的本命星很可能会暗淡无光，或是像流星一样坠落。你需去寻找一位有缘人，也就是你的另一半，做一对红尘眷侣，方可阴阳合一，扭转乾坤，救度世人。

我问，白天黑夜，日月合辉。我无心修炼，该去何处寻这位有缘人呢？神女说，只能用你的感应，随缘而遇。她与你是七世纠缠的怨侣，从经过五花八门被打落仙界的那一刻起，就已经被诅咒七世有缘无分，不能结合在一起，这是月老也无法改变的事情。唯有借紫电和青霜的正义之气可以破除对你们的邪咒。

> 飞流直下三千尺，问剑太阴升苍松。
> 云浮平生一场梦，此山不老未有风。

我惊出一身冷汗，醒来后仍然心有余悸。我一个人站在琴台夜观天象，感叹："古人不识月，呼作白玉盘。今人不识月，认作水晶球。"第二天早晨，我将这个梦告诉了伴云来，说，我所追求的是道，是上善若水的境界，利万物而不争，要忘记七情六欲，一念不生在心间，去追寻太白所说的"天上白玉京，十二楼五城"，或是感受古天乐开创仙侠电影的巅峰之作《蜀山传》的力量。如今，我却要谈及男女之情，不知如何是好？

伴云来说，何不随缘？

我开始放浪不羁，着一袭青衫笑看风云变幻，纵一根铁笛只为天地苍生。对酒狂歌一曲，枉然参破棋局，命里注定又何必离分？绣花针上刺出一盏孤灯，垂钓寒塘传来千山鹤唳。世上浮华三千，流水褪去祸根，才不管天机还是缘分。谁执羽扇一面，指点江山为真，不能相忘大业为情困？前尘看近行远，路上刀剑纷纷。落寞也不妨做个凡人。

次日的清晨，我与伴云来两袖清风，飞落于虹湖之上，刻苦练剑。一壶酒水，不计春秋。乾坤，无可逆转。风云，瞬间万变。前程需要再走一程，仙路雨雪纷纷，两两相忘，眼眸为情困。一命二运三风水，顺其自然。我们动静结合，方可修道成仙。翻手反排命格，覆手复立运气。我是云游剑客，着一笠烟雨笑对红尘战场，不屑在纸上谈兵。古来万事东流水，散尽千金是为谁？时间不会等，几人脱凡尘？依然青山门前景物好，风生水起叹逍遥。

娇花照水百日好，心思难料。泪点难消，环佩只需玉一条。

满眼西风来无计，雨落苍烟。吩咐秋潮，莫误飞仙上灵霄。

——《采桑子》

留一世英名我不要，只为换取莞尔一笑。世界神马浮云万种，几度轮回，道门已经沦为中国第四大教？前世今生，各自分散，若有缘，许愿留待下一个开始！

此刻，境界顿开，剑起沧澜飞白鹭，一衣带水点茅庐。落花朵朵，青山隐隐。人去也，人去竹西处，烟波起的时候，我剑已收，却有一个女子出现在了船头，一袭绿衣拖柔水，佩青霜而望长天，眼露微芒……

国风

  轻敲檀板，折一叶柳为舟，我与你共渡。佛说，彼岸有花，不见其叶。开一千年，落一千年，花叶永不相见。情不为因果，缘注定生死。彼岸花是开在冥界忘川彼岸，当灵魂渡过忘川便忘却生前的种种，曾经的一切留在了彼岸，开成娇艳的花。

  我不知道此花的有无，我只是想与你共渡到彼岸，忘记世间的情爱。我端坐在船头，你坐在船尾，时光的河流很快将我们带到了三生石的前面。

   吹面不寒胭脂泪，沉香亭北话几多。
   千年一别鹊桥下，长见青灯伴古佛。

  飘逸绝世，高高在上。你看他乘一叶扁舟，泛波洞庭，锦袖飘扬。我回视自己，我是王子？王子是我？船头，是为他摇桨的越人女儿，那岸边低垂的杨柳，舟桨荡漾的碧波，一圈圈刚刚散尽又开始激荡的涟漪，似越女纠缠的心事吧！

  云中雁飞翔在万里云罗，蓼红苇白在冷风中摇曳，剪一段时光问何处是故乡？薄雾浓云终日笼罩不休，竹喧声里人动下渔舟。再为我浣一件衣裳，看你愁眉爱恨之间。采集一段旧诗行，有位姑娘在那彷徨，用墨写下一段忧伤。酌酒以乐，一斛且尽情殇，佩带香囊，分衣袂立未央。

  轻舟红藕，芷汀卷浪。你听她在击缶而歌，柔软吟唱——"今夕何夕兮，搴舟中流。今夕何夕兮，得与王子同舟，蒙羞被好兮，不訾诟耻。心几烦而不绝兮，得知王子，山有木兮木有枝，心悦君兮君不知。"

原来你就是《越人歌》里那位爱慕王子的妙龄少女，头上包着蓝色纱巾，脚上穿一双绣花鞋。你看见我湿润的眼神，在水面上泛着爱怜的光，你的矜持让我有些难以抵抗。你款款深情地唱"心悦君兮君不知"，我岂会不知？宫廷的变乱，让我成了无家可归的流浪汉，我又如何与你相订终身？

白蘋洲开始了漫长的等待，过尽千帆皆不是，斜晖脉脉水悠悠，肠断在楼头。此时夜色还未抵达，石头城已传来空灵的鹤唳，一直沁入我的回忆。三秋桂子，十里荷花。涟漪慢慢地四散开来，一朵一朵的菡萏冒出朱华，水面嬉戏着钓叟与莲娃，不去管千骑拥高牙，我自归去凤池夸。我开始隐姓埋名，在湖水畔隐居。你每日都泛舟捕鱼，轻盈的笑声，如铃一般将我召唤。你告诉我，我是王子，高高在上的王子。

> 轻梦胭脂水迢迢，粉香深处落星桥。
>
> 忘忧河上千年雨，朝暮长到女娲庙。

我只剩下一颗卑微的心。不，我是一名逃犯。归鸿过尽点点愁，我的相思只能在原地停留，一柄纸伞你撑了那么久，我凝望的时光变成了忧愁。多么希望还是那个早晨，你是那个穿汉服的女子，在人生的道路上奔放，我还是那个爱做梦的王子，在等一朵花开。不经意绝世而出众，托遗响于悲风。我转身而去，将你落在了身后，一落就是三年。

我做了一个梦，梦见我们的前世。你是洞庭龙宫的小龙女，因为贪恋人间的乐趣，化作一尾金黄色的鲤鱼，跑到江边嬉戏游玩，不料一张渔网将它捕上了岸，带到鱼市上去了。我是一名书童，从鱼市上经过，看见这尾金黄色的鲤鱼很可怜，买下了它投到放生池中，放生池连通着江河，你获得了自由，很快返回了洞庭龙宫。

你在洞庭湖畔的柳树下寻到了我，想要报答恩情。你对我说："哥哥，我是洞庭湖的小龙女，要报答你前世的救命之恩。"我都不记得了，说："不知如何报法呢？"你说："恩情难忘，我会请求我的父王洞庭君准许我嫁给你！"

> 鱼传尺素，低眉向谁诉？造化有意花有情，此心追忆当初。

烟雨看破红尘，人面恰对琴声。梦里春山依旧，碧波空飞双成。

——《清平乐》

我思虑良久，摇头说："不可以，嫁给我你会犯天规的，说不定还会被打回原形。为你着想，还是做我的小师妹吧？"你嬉笑言欢地说："哈哈，正合我意。鱼能化龙命波折，木未成舟运不济。我们未来的生活，你中有我，我中有你，就很幸运了。"我猜度说："呵呵，那你是不会嫁给凡间人了，是吗？"你也笑了说："呵呵，我将来要嫁的人还不知道呢。佛曰：今生你嫁的人，是前世葬你的人。且听我慢慢把故事讲来：

"从前有个书生，和未婚妻约好在某年某月某日结婚。到那一天，未婚妻却嫁给了别人。书生受此打击，一病不起。这时，路过一游方僧人，从怀里摸出一面镜子叫书生看……书生看到茫茫大海，一名遇害的女子一丝不挂地躺在海滩上。路过一人，看一眼，摇摇头，走了。又路过一人，将衣服脱下，给女尸盖上，走了。再路过一人，过去，挖个坑，小心地把尸体掩埋了。

"僧人解释道，那具海滩上的女尸，就是你未婚妻的前世。你是第二个路过的人，曾给过她一件衣服。她今生和你相恋，只为还你一个情。但是她最终要报答一生一世的人，是最后那个把她掩埋的人，那人就是她现在的丈夫。"

前世，究竟是谁埋的你？孟婆说："行路的人，喝碗孟婆汤解解渴。"口渴的人心急地喝了。于是，那个前世埋他们的人，在他们头脑中渐渐模糊了。他们开始惊惶地四处张望，妄图在茫茫人海中寻找今生的爱人。其实，你携起他的手时，就是前世残存的记忆在提醒你了，前世埋你的人，就是你身边与你相濡以沫的爱人。

素闻洞庭风光，不亚潇湘风景。一次，我为了欣赏风景，与前世捕鱼的那位商人共渡。忽然，天空风雨交加，船下浪生波起，我们的船因为年久失修出现了漏洞，眼看就要遭遇沉船之厄。正在这时候，小龙女出手暗中搭救，我们被一条枯木漂浮到了岸边，而船上的珍珠，全部沉入洞庭湖底，商人从此一贫如洗。

我百思不得其解，小龙女为何会救一个与她有仇的人呢？小龙女说："没有仇，何来情？没有爱，又哪来恨？你看见的是今世，商人前世想要借我一命来谋生，所以来生却要欠我一命来还债。"

晶帘伤心白，珊瑚门两丛。

不识少宫主，唤作小龙儿。

我偶然涉水采蘋叶，望见岸上平川，烟光草色入眼帘，诗兴悠悠，人生不进则如逆水行龙舟，担负众望，怎能自言罢休而无为？百姓过端午节不只是为了包粽子，其实是纪念国士屈原，还有就是向前进，万舸争渡的比赛。我要佩玉铛遗世而独立，吟出千古的华章，光照寒窗的勤奋努力。不为一壶清酒漂泊，附庸风雅。也不为一箱碎银几两，衣锦还乡。我只因为一方有蒹葭，故地重游，勾起回忆，却看见旗风浩荡在上游。莫停留。众人皆醉我独醒。非也，仁者见仁，智者见智。酒杯太浅，敬不到来日方长。理想太难，做不到运筹天下。命也，运也，海内外共勉。

三年之后，你嫁了人，我重新回到了王宫。我又成了王子，一名想要迎娶你的王子，而你并不知道我们的前世。我拔出了剑，与你的男人进行了一场决斗。最后，我与他都倒在了时间的长河之中。再见了，我心爱的女子，我的眼里流下了晶莹的泪花。

我们的船继续驶向彼岸，我们的一滴泪不小心掉在了忘川河里，慢慢地泛向了彼岸，开出了第一朵彼岸花。而前尘往事就在我们的行进中被一一回忆起，又被一一地遗忘掉。

那一年，大明宫的桃花格外地娇艳，这个故事是一场温暖人间的开场。你是公主，名著一时的公主。我是道士，目光清澈如湖水的道士。一行车马在清晨穿越三月的烟花，往终南山峪缓缓驶来，你与我邂逅在一个山谷的草庐里。原本，我们的相逢不是命中注定的劫，四目相对，心已了然。我口诵着太上心经，低下头仍然盘坐在榻上。你伸出手向我盈盈一握，我起身相待，只此一握，已经抵上了万千言语。

你的那些随从跟不上你的脚步，借此时间我们有了一番倾心的畅谈。你说："唐人的爱情些许有几分浪漫，只是自由都是相对的。崔护与桃花女邂逅在一个春暖花开的季节，崔护郊游遇一村庄，上门讨水喝，桃花女欣然与之，两人从此结下一面之缘。随后崔护再访桃花女，桃花女已不知去向，随即在门上题诗一首：'去年今日此门中，人面桃花相映红。人面不知何处去，桃花依旧笑东风。'"

> 桃花半掩手中扇，双烟一气度关山。
> 冲寒先喜甘露来，不计瓶中梦未断。

我起身接着说："桃花女归来，发现门上题的诗竟然相思成疾，一病不起。崔护再访，两人喜结良缘。这个故事也让我对桃花形成了好印象，一个与爱情相关的印象。桃花出现在这偏僻的山区，那是这里缺少爱情的缘故。"等到你的随从赶来，迷了路的你要我送你们出山谷。

随后，你返回了皇宫，并派人给我送来了金宝神枕。我夜里抱枕而眠，做了好长的一个梦：

梦里我是赶考书生张君瑞，而你是相府千金崔莺莺，我们的相逢不是风轻云淡的过场，而是情不知所起一往而深。那一面墙应该在永济西北十公里的普救寺，我曾经在那里弹琴传情，跳墙私会，梦中我却一直以为是在长安东边的一个小郡，明明知道弄错了，还一直在骗自己，就像我与崔莺莺的邂逅，本是一个美丽的错误。

是在一个春光明媚的早晨，莺莺随母入寺上香还愿，有丫鬟红娘陪同，暂住寺中。在这郊外之中，那时候的莺莺小姐正是迎面而来，仿佛"桃花初带雪"般美丽动人。寺里的所有六根清净的僧人也都在木鱼声中动了凡心，纷纷地向她偷窥，岂止是我——年轻俊朗、春意萌生的考生张君瑞。

莺莺跪在莲团上，在佛前焚香祷告："三界之中，唯人有情。六字真言里，我只想印证菩提。"此时普救寺的钟敲响了轮回，西山又有一枚红叶飘下。有人一眼望去是琉璃世界，净土气象；有人一眼望去是红尘男女，芸芸众生。佛无语，弹指西风。莺莺又自言自语地说："我心欲怀莲，仰望着佛拈花而无来去。"张生难得这个机会，上前插话说："曾几何时，一枝红荷归南海。到头来，未尝不是慈航普度。"莺莺斜视了张生一眼，心里顿时产生了心动，有似曾相识的感觉。

现在的很多年轻人总是缘分太薄，却有几个做到至情不移？更有甚者，素未相识便捕风捉影地请媒提亲，以遂一己之缘，那真是教人情何以堪？张生是不缺缘分的，因为身处繁华，一表人才。从前别人一直把我当作小说中的人物，不可以当真，经过考证和思索，却认为故事未必完全是杜撰的。

男女之间那种奇妙的感觉，是可意会不可以言传的，有的人见到一面就终生难忘，有的人朝夕相伴却视若无睹。天生丽质的崔莺莺就是微露一面，已然让张生难以忘怀了。我终日魂不守舍，夜里常来到西厢房外独自弹琴，渴望莺莺会来月下漫步，在花荫深处驻足，自己那如泣如诉的琴声轻轻地传入她的耳畔。琴声正时断时续，忽而缠绵悱恻，带着缕缕哀伤，相思的人一听就能心领神会。揣曲度声，莺莺听出了琴情琴心，因为她本来就是擅长棋琴书画的相府千金。她的琴弦被拨动了，竟然有些许春心荡漾。她会在上香的时候，悄悄向四周顾盼，白日里会让红娘主动去接近张生。

有了红娘的穿针引线，我喜上眉梢，以为自己有了十成的把握。我偶尔用言语戏逗红娘："若能与你多情小姐共鸳帐，怎舍得你叠被铺床？"话传到了莺莺的耳里，于是莺莺让红娘传一首诗去考考张生，诗里面埋针伏线，偏偏我又是善解诗迷的高手，知道莺莺约我后园相会。

> 春日即事话无端，万艳同杯等闲看。情知葬花来无计，梦阑珊。
> 美玉一朝陷污渠，隔门衔雨成独叹。一夜红楼相望冷，泪未干。
>
> ——《山花子》

封建礼教的婚姻，往往将爱情葬送掉，而爱情一旦决堤也会泛滥成灾。发乎情，止于礼，可以为圣。红叶题诗的偶遇，青梅煮酒的相知，都是世间最值得珍惜的缘分，只是太少太少，太难寻觅了。我想我们是相爱了，只是在众人的眼光之下，有些莫名的顾虑。

那夜风清月朗，莺莺着一袭晚妆，早早立于花荫之下。张生跳过粉墙，一窥四周无人，只有莺莺如同唯恐夜深花睡去的海棠，默默绽放出百万朵。莺莺也看见了张生，却没有回避。张生不觉两眼一花，上前求取一抱。莺莺面带微怒，训斥张生不守礼仪，轻浮薄幸。张生羞愧难当，回去后一病不起。红娘几次试探，知道我茶饭不思，病情越来越重。此乃相思成疾，古人多得，今人眼花缭绕，少患此病。莺莺得知情况，渐渐萌生心痛之意，另外写了一首诗约张生私会："待月西厢下，迎风户半开。花影扶墙动，疑是玉人来。"

内里满是春心荡漾，写来却是一派少女的矜持。踏风而来，红娘抱枕伺候，张生起迎莺莺。此后两月，二人尽享幽会之欢，海棠花却因此而闭容。不久崔母知晓，经过对红娘一阵拷问之后，令张生进京考取功名，然后再来迎娶莺莺。张生临别，泪如泉涌。莺莺道："始乱之，终弃之，固其宜也，我不敢恨。"一景一物着意点缀离别的凄美和重聚的渺茫："碧云天，黄花地。西风紧，北雁南飞。晓来谁染霜林醉，总是离人泪。"

> 漏断滴一晌，人间移光阴。无端上天赐芳华，夜月一帘影。
>
> 多情只美仙，春风寸草醒。魂飞三界不染尘，空有梦相随。
>
> ——《卜算子》

日复一日，莺莺平添忧伤，她望着池塘里的红色鲤鱼游来游去，亦有情思哀怨，无处诉说。张生榜上无名，久留长安不归，她不得已奉命嫁人。一日，张生路过莺莺夫家，以表兄身份求见莺莺一面，欲再续前缘。莺莺赠诗回绝："弃置今何道，当时且自亲。还将旧时，怜取眼前人。"

春风欲放花千朵，片片催零落；我心已织千千结，个个难解开。要知道有一个结是你打上的，只为你的一笑，让我乱了三千的发，琴弦落满了残花。情已逝，爱难追，曾经那么爱你的心在等待中绝望，昔日的琴声已换作今日的怨恨，还是把那份爱意留给身边的人吧。诗中有后悔当初的自伤自怜，也有绵里藏针的贬怨。

梦醒后，我才发现自己误入《西厢记》的故事，一场虚幻。我感叹爱情好似水中月，你去捞它捞不到，一张开眼，却又发现它的存在。天作之合太少了，月老牵线又似是而非，就算两人是天造地设的一对，且情投意合，那还要看在什么样的境遇下才能在一起。贾宝玉与林黛玉不是金玉良缘，却是木石前盟，而且还有朝夕相处的环境，可是到头来还是让人枉凝眉，空垂泪。

西厢下，琴声依旧，明月还在否？转眼，人事已然成空，而我的眼泪，正在这个无休止的季节纷飞。

千载而下，谁解莺莺之恨？清白守之，可以让人痴情如初，失去则可让人绝命于黄泉。好梦难圆，谁又知道我的无奈和追悔？很多人在批评张生的始乱终弃，请设身处地地想一下，如果没有门当户对的婚姻观念，在门庭制度相对自由的情况下，莺莺可以以千金之躯下嫁寒门，那么我们的结局就不会是悲剧。

谁知道霉运来了，此事惊动了我的道观师父，更惊动了官府。我日日抱枕吟诗，却不想神枕被师父没收去，官府借此整顿风化而大发福威，在御史庭审之时将此事上奏了圣听。

天生一代一对人，怎教两处伤心？万水千山劳相思，缘字无信。

轿向马家起抬，山伯魂断难奔。若容成双化蝴蝶，相对有情。

——《画堂春》

其实我冤枉，因为我心里想的不是桃花运，而是清凉无比的莲花世界，梵音响起，我只是红尘过客，而你是这个世界的一朵莲花。我不知道当雨伞参差钱塘，在风帘翠幕的十万人家里，你的眼眸中会不会有当年的那个弄潮儿？笙歌夜唱，繁华落尽，你在刺绣红妆，怎奈何我漂泊天涯，浪迹不知所归，臣服长赋在何处？

经过一番生离死别的纠缠，公主没能救得了我。结果，我被处以流放三千里，葬于荒野山郊。

船继续驶向彼岸，我们掉下了第二滴泪在忘川河里，慢慢地泛向了彼岸，开出了第二朵彼岸花。而前尘往事就在我们的行进中被一一回忆起，又被一一地遗忘掉。

时间穿越到了千年前，我是一名高中榜眼的考生，位居三甲，还成为内阁学士。旧时的燕子早已飞出了王谢的堂前，迎着六朝的三千粉黛，满楼招展的袖口盈香，穿过了秦淮河畔的夫子庙，绕回到莫愁湖的缓慢歌声中。进香河畔，一路锣鼓喧天，凤冠霞帔，端坐着美丽的花轿，远处水榭舞台正有好戏上演，生旦净丑，粉墨登场，让人醉生梦死不辨何处是他乡？而我身着官袍跨在青骢马上，风光十足地迈出了江南的贡院，两边是拥挤的人群，艳阳正高照着伞底少女的偷看。

我非寒门子弟，求取功名；也不是纨绔公子，纵情市井。我于山水间优游人世，只为鱼跃龙门，跟秦少游一样落拓而不凡。我一袭青衫风度翩翩，道貌岸然而又满眼多情，只是脸上有着淡淡的忧伤和阳光的阴影。我因酷爱填词，成了文坛高手，也因一举成名，成了朝廷的栋梁之材。

　　几回镜里画长眉，低头向壁懒答媒，枕上滴残无限泪。
　　吹蜡成眠忆春山，抱信不失心字累，十五展颜嗅青梅。

——《浣溪沙》

时逢党争，我身遭排挤，被贬官到繁华的长沙。一幅水墨氤氲的地方，画卷还来不及舒展。粉墙托出绵绵不休的黛瓦，绣花针在西楼上开出了五彩的奇葩，唐时的断章还未吟出，公子的琴弦已经跳跃出了宫商，如花似玉地拥簇，三千佳人争斗着婵娟。是谁，卖花担上买得一枝春欲放？是谁，油纸伞底邂逅了美丽的红娘？

我看那湖面倒映的除了亭台楼阁，还有依依垂柳，人在柳下折柳惜别，佳人在楼上摇扇欢笑，是画非画？纵然有豆蔻词工，也难赋这一段儿女情意。

我听门下有人说有位少女生平酷爱我写的词，这是一个歌曲兴盛的时代，我为听者，引以为傲。古时的教坊供养有专门的歌女，那也是一个可以以歌为业的时代，并且为歌曲时代的高潮。而歌曲的演唱也先要有词与曲的合一，词的优美少不了，到今天来说填词仍然是一件雅事。你爱唱歌，声音灵动雅致，久久萦绕在我耳畔，挥之不去。我写了一首《洞仙歌》送给你，你谱成了曲，唱起来顿生波澜，清灵玄音，直达九天河汉。

你想求见我一面，我特意抽空见了你。我问世间，情为何物？谁只为谁而等待？谁又只顾眼前，忘了还有来生的相见？明星暗淡，花容失色。这红尘的战场，最能取人性命是胭脂汤，让我冥思，让我绝望。我孑然立于花廊之下，抬头望着你，看见你羞花之貌、弱柳之思，我心已然动情，觉得似曾相识。相视很久，终于，你说愿托付以终身。我心实应允，仍然以戴罪之身相推辞。

更多的时候我只是两眼望天，一往情深，是谁心不静，走候在千年间轮回旋转？自你走后关不住人间的春色与落寞，依稀你坐在西楼慢挑针线，屏上是猩红的鸳鸯戏着绿水，为我绣的那个荷包一直藏在身上，闲时细细把玩，上面有你一针一针的坚持，病了我一春又一春的思念。

> 玉盘迸泪伤心数，如露如电出青云。
> 莲台耀射放光彩，一一花开见佛身。

后来，我研究大乘经典，足踏莲花绝前程，还是病死于贬所。等到丧车回到长沙，你哭送于道旁，回家后就殉情自缢了。

船继续驶向彼岸，我们掉下了第三滴泪在忘川河里，慢慢地泛向了彼岸，开出了第三朵彼岸花。而前尘往事就在我们的行进中被一一回忆起，又被一一地遗忘掉。

最后，我们成功地渡向了忘川彼岸。曾经的一切留在了彼岸，开出了三朵娇艳的彼岸花。听佛说，不起缘，即不灭；不起情，即为不空。回顾便满是心伤的花朵，忘记就是苏醒的叶子，花与叶两不相见。

姑苏行

年少时，我曾在摇摇曳曳的桨影中，听着《姑苏行》那悠缓的调子，在纵横交错的河道中穿街过巷，去往苏州寻觅传说中的西施。这里曾是"人家尽枕河，两桨过三桥"的东方水上之城，那两岸黛瓦粉墙，绿柳羞花，一朵烟波晕让我进入温柔富贵乡。

犹忆纸伞遮住江南佳丽的面容，若有所思，乍见之欢生出几多愁绪。此时我又重温了年少的旧梦，在摇摇晃晃的船中，闭上双眼，想那苏州是一张朦胧的照片：在月落乌啼的时候，一弯冷月挂在枫桥的柳梢，乌篷船深处正闪烁着渔火点点，而自己单薄的衣衫正遄飞于夏夜的凉风中……

> 丹卿一人谁是？知矣，唯恐断前因。有情望却似无情，不悔结同心。莫将流芳虚度，吩咐，留住杏花天。为伊再结来生缘，别语话窗边。
>
> ——《荷叶杯》

去苏州的人，大多是觅园林之胜，流连于亭台楼阁之处，不失为逃逸叠楼城市的欣赏取向，而我仿佛被一缕笛声吸引，那是遥远的昆曲的笛声。那时人们生活过得清闲，一年一度的中秋曲会选在虎丘夜唱，观众往往达到万人空巷的热闹场面。李渔曾在诗中写："一赞一回好，一字一声血。几令善歌人，唱杀虎丘月。"那时的昆曲艺术的根基在民间，许多大户人家经常请戏连台，有的人家甚至有专门的家庭戏班。我的一位朋友晚晴曾经在文中写道："玉茗堂中画翠屏，临川集上写芳馨。"这里说到的玉茗堂便是供养家庭戏班的私家宅第，主人是大戏曲家汤显祖，《牡丹亭》是他用毕生精力创作出来的最佳成果，受欢迎的程度从黄裳的一副对联可以反映出来："踏月六街尘，为观黛玉葬花剧。相逢一樽酒，却说游园杜丽娘。"

《游园》《惊梦》是大家熟悉的剧目，里面的词句我很喜欢，林黛玉在听到"如花美眷，似水流年，你在深闺自怜"时，竟然会心动神摇，不能自持，可见诗词确实有沟通心灵的力量。从某种角度说，《牡丹亭》的出现意味着高层文化界对世俗艺术的介入，从而提高其文化品位，为上层社会所接受。但是当艺术走向高雅的时候，也意味着与民间大众拉远了距离。在时间上，昆曲兴盛了两百年之久，后来渐渐被花部取代，实在是一件令人惋惜的事情。在我眼中，如今依然会有那种具有古典气质的苏州女子，操一口纯正的吴侬软语，从几岁便开始学习台词、唱段、拂水袖，一登台艳目灼人。她们是唯美的，只有她们才能代表唯美的苏州，那一脉温婉是历经岁月流逝而不会褪色的。此时缕缕笛声夹着微风融入河面晕开的月色，那月是苏州的月，冷冷的，美得令人心醉。

> 瑶池梦归思飞奔，偷药须向碧桃行。斗转天上灯，梦中醉客心。
>
> 鹊桥难通，流年暗度。人间有黑白，日月盼长明。
>
> ——《菩萨蛮》

此时天阶的夜色正凉如水，我摇一把白羽扇看银河缥缈，闪亮着耀眼的繁星。传说，天亮前出现的大星是要掌管人间秩序的。天上星落，地上人亡，其实我们都只是命运布下的棋子。说来也奇怪，人的命运有时带着几分戏剧性。西施是一名越女，在浣纱溪边洗衣裳，过着平凡朴素的生活，却不想肩负着国仇的使命，来到了苏州，来到吴王夫差的面前。在她之前，已经先后有八名越女被送进馆娃宫，她们的自由仿佛被下了诅咒，难以挣脱命运的束缚。

陆龟蒙诗云："犹有八人皆二八，独教西子占亡吴？"意思是说，芸芸吴美女中，为何偏偏是西施亡吴？自以为是的君王，权倾天下，却得不到一个女子的真心。他一直以为她对他也是一往情深，让她住进馆娃宫跳舞作乐，还建有姑苏台供她登高望故乡，谁知"半夜娃宫作战场"，当吴国的都城被攻破，一切都荡然无存。

如果江山美人两不相侵，那该多好。你做你的旷世名主，我做我的绝代佳人，没有开始就没有所谓的结束。吴越之争最后因一个女子得到了结果，历史，真是让人感慨万分。

铁网珊瑚水悠悠，龙光星夜射斗牛。
水仙已得通仙籍，戏看鲤鱼点额回。

曾几何时，我做了一个梦，撑一把油纸伞，踏着青石板，来到了西施故里。穿越蔷薇色的历史，让我印象最深的是看见了一个溪边的背影，我记得她唱的是上一世的歌谣。据导游介绍，如今供后人观赏的还有西施殿，位于苎萝山下浣纱江畔。鱼玄机诗云"只今诸暨长江畔，空有青山号苎萝"。西施是让人怜悯的，却不需要像蜡烛一样为她落泪。她为进姑苏城而受辱，后人却将美丽的姑苏城献给了美丽的她。

人因地而闻名，地因人而流芳。苏州与杭州齐名，"上有天堂，下有苏杭"，苏杭二州历来是美女如云，香车华盖；才子登仙，风流成传。不经意间，一个转身就是若干年，西施的美名传到了今天。想那古老的传说依旧，满眼春风却百事非，留得住的是几笔浓墨，散尽的却是繁华三千，伊人不在。

无人与对，把酒闲谈。于是，我又开始写诗了：古老的水巷/流淌的是/韵断香散的胭脂/迷蒙的眼中/闪烁的是/五颜六色的灯彩/可爱的少女/如何能够理解/丝竹里面的含义/任凭我把长笛/一直吹到苏州的天明。

玉屏述

　　春回万物生，秋去草木凋。一水中流，两岸青山排闼。地处偏僻，四季自然轮回。日虽出东边，远山高岗后亮。月未满中央，近水楼台先得。飞檐挂彩，早晚铜钟长鸣。铝门悬镜，年岁灯笼高照。关山含翠，砚池之墨难画。阁楼流丹，早霞之意却收。云峦耸峙，有笔架之峰。秀水迂回，接落子之田。龙洞豁然，有溶岩滴水清音。石桥拱立，伴羞花尝露代谢。芳草鲜美，有鹤唳声声而至。花丛缤纷，看蝶恋翩翩飞远。大河涨端午，关系洞庭之鱼蟹。高路落峡谷，运通渝湘之重门。如此这般，画轴福地？并非蓝田，岂有玉石？不过荒山野村，聊以终老尔。

　　常闻飞凤出琼林，会相逢百鸟来朝。谁见游龙困浅滩，常遭遇群虾之戏？顺水推舟，人生一去不复返。逆风回车，炊烟几缕入云端。四塘沟里羊奶果，道罗溪边八月瓜。险壑出霉茶，谷雨冒竹笋。树遮雾绕，山中有百岁老人。粗茶淡饭，交往无世外佳宾。水边菖蒲，野马踏过留余香。炉里黄精，善者煎服能长寿。将钱买药，寒来暑往冷又热。把书扫地，朝花夕拾喜还悲。播种顺从节气，认字不知孔丘。礼尚往来，颇有情谊风范。争名夺利，顿失谦让品德。爱情决堤，如何今又见桃花？旧恨难消，只为曾经害白云。悲乎，生于斯，长于斯！

　　山路蜿蜒，盘旋而上水源陀。电灯璀璨，排空俯看渡船堡。燕子归来，门当户对好成家。红杏出墙，水火难容怎立业？亲只三代，族有万年。焚香顶礼，金玉满堂。天道循环，轮回无常。世事如棋，圈内高人料三步？人情似纸，众口媒婆劝莫选。长啸三声分水岭，弹琴一曲面对牛。美景如斯，油菜先黄辣椒红。凄凉至此，孺子后生教室空。和睦门前，光阴无限美好。脱贫路上，打工几时富裕？世态炎凉，有谁落难有谁哭？乡村振兴，好山傍水好风光。治水为栏，规划水库灌农田。封山育林，筑起凉亭观星辰。旅游景点，蓬勃建设。斯人至此，气象更新。从而游之，不亦乐乎？

今夕何夕，此夜彼夜？元宵烟花，庭前摆宴方散去。玉户笙箫，河岸吹风才来到。造化可能偏有意，时运未转几人知？弄瓦之喜，有家喜得千金又失去。永年之忧，无人忧伤天堂难飞升。吃酒先敬堂上祖，饮水不忘掘井人。他朝若是同淋雪，也算白头故乡情。泉，葛衣短袖，做玉屏闲人，不敢忘本，写诗以歌之：

> 兰草香消如从前，携手几回春花边。
> 断梦玉桥常病酒，走马武陵正少年。
> 落第才子出名头，田垄佳人愁红线。
> 雨过巫山梦一场，风吹轻衫欲登仙。

中秋吟

月满中天上，烛影摇红帐。明星不入云屏动，焚香风帘挂玉钩。悠悠水微澜，做梦倚栏杆。笑傲枕孤石，三顾有茅庐。醉卧烟霞不觉起，恍惚飞升临紫冥。欲上山峰路几层，佩玉仗剑两不闻。吹笛一阕朝天引，仙袂临风正飞奔。百城流烟泉水涌，忽闻凤歌彩云至。南明离火天雨来，日月照耀钓鱼台。

人间筑海堤，宝岛蒸云梦。仿佛降云梯，直垂在天西。访道三叠琴初成，青丝银环把山登。但见山高闪霓虹，电驰夺上空。群仙来祝贺，鹊桥高挂在银河。又闻千里共婵娟，天使把我宣。太虚有光晕，夸口神针定西海。屏开华盖报东风，已遣星妃送梦来。始信天王降宝塔，百尺仙台镇妖星。遥望抱瓶步天阶，尽日罗袜不染尘。长风万里踏月色，月色照我步阑珊。折取蟾宫一枝桂，但愿破镜今重圆。画船冲天宇，瀑布挂前川。花蝶只对丹崖泣，彩霞明灭东方白。立鹤放彩迎天阙，唤起织女绕云梦。流萤飞舞拨浪弦，几盏灯光升河汉。银甲古筝风浪急，西楼一夜帘钩惊。斗转河汉过飞檐，千里相隔共明月。抱柱长怀相思苦，共饮一杯解烦忧。迢然夜台弄纤云，恰巧蓝桥飞双星。未见耿月出云霄，茫茫九州路迢迢。纵使乘风去万里，还是当年一梦遥。欲织相思飞羽远，烛冷长送天女行。

小南海赋

　　自然奇观，人间景点。胜似蓬莱，堪比洞庭。时值九月，约合家出游。亲兄重阳，尽地主之谊。西通巴蜀，北接荆楚。秀蕴钟山，财聚宝盆。云游名区，辈出风流。目会天空，气贯苍穹。渝州唱晚，聆听两湖之涛声。黔江运转，迎接八方之旅客。层峦叠嶂，波澜起伏。朱楼画栋，流光溢彩。披丽水，接绣楣。光庐庐，云出岫。清流急湍，映带闸门。修竹幽静，高居玄关。天籁声清，巧指弹琴。宇宙正气，丹檐响铃。青鸾飞越展双翅，长虹夹镜架南北。岚气驾临升方仪，玉盘向上凌琼楼。韶华荏苒，不负佳卿。光阴已矣，皆是过客。

　　呜呼，三尺童子，苟活于世。七层宝塔，渴求甘露。笔画仙境，慕吴道子之长风。裙拖流水，洒绛珠泪在潇湘。捧心言表，挽西施馆娃之宫殿。握手交谈，佩萧郎美玉之倾城。关山紫电，天河变幻本无常。城门青霜，大路不平亦有道。挥毫遥临，登仙台以会盟。酒旗当风，处名士于云间。鸟啼去年之花，浓雾白昼更长。枕为海宫之石，青烟瑞脑渐香。天运时来，鱼跃龙门入大海。秋霞高罩，鸟返山林闻梵音。忽见水车灌溉，农人忘归。相逢煮酒论道，一梦黄粱。

　　天降甘霖，地涌金莲。群玉山头，瑶台月下。凌波微步，仙子十步一回头。罗衫飘拂，树下三年两对弈。四海相望，九州与共。谪仙往返，太白出游信难求。寻药无悔，徐福东渡烟渺茫。宋玉悲秋，山河破碎念千古。潘安美貌，掷果盈车岂偶然？山有扶苏，万岁阿房兴社稷？岗卧孔明，三顾茅庐安天下。淡泊以明志，宁静而致远。秀岛小筑，参差岳阳之楼。吊桥低连，媲美三峡之水。洞箫低沉，临窗清风吹丘壑。星辰驰骋，卧看河汉射北斗。

路失门庭，手敲牙板呼酒壶。扁舟穿梭，波翻新浪淌碧水。嬉游至此，仙袂当举。尽兴而歌，岂不快哉！

城楼迢递，胜地不常。山高挺拔，路出崎岖。凝碧应是瑶池水，飞云还须神州船。九曲霄汉揽星河，四面楼阁鸣铜钟。宝剑开封，岂无青云之志？长城万里，怎悲孟姜之哭？老君西出函谷化胡，易安南渡填词感天。愚人享乐，生命苦短。悟者渡劫，规律可循。八仙过海，各显神通。五方揭谛，同曹值日。天马长嘶，响彻九霄之际。仙鹤倦飞，声唳武陵之城。日照香炉，紫气东来。雨滴石洞，凉风摩岩。游人如织，皆是善男信女。香烟鼎盛，无非求平保安。先有山伯英台，人间在此相逢。后来牛郎织女，喜鹊七夕搭桥。平凡古人，面壁成圣。名利过客，望峰息心。石崇烧蜡，谁惜堕楼之女子？李清结绳，归隐云门遇仙人。远我去者，昨日几多。慰我心者，境界难越。掩扇遮面，娶碧玉又怎欢。对月饮酒，弄宫商以何惭？

泉，玉屏乡人，一介书生。志向悬壶，杏林无望。有田半亩，耕种维艰。庆幸文昌塔耸，时逢雅运新开。昔日游子，今早作文。下笔千言，归于宣纸。潦草几行，成竹金石。登高而赋，四韵俱成。满篇狂想，不知所云：

> 帘幕几重水宫深，相思渐满珊瑚床。
>
> 铁莲花开般若船，红尘镜看沉鱼妆。
>
> 海市无夜出蜃楼，鲛人有泪泣月光。
>
> 满目风波空念远，石畔醒来梦一场。

采芹记

　　昨日西楼兮飞红坠，秋千荡漾石榴裙。泪眼欲问兮花不语，离人远去何处寻？万水千山兮魂飞苦，隔天入凡尘。临风不作兮怜花句，对月长思量。在水一方兮，白雾绕蓼汀。有我一人兮，乘兴去采芹。烟雨青衫兮张望，牵牛转向河东。水上如梦兮竹筏，西山日沉楼台。两情无解兮会相逢，河汉飞渡桥难通。茫茫碧落兮情一诺，长向风波愿始从。迢然喜鹊兮弄纤云，只见银河飞双星。长念花下兮坐吹箫，银汉红墙隔望遥。细数星辰兮非昨夜，相逢风露是今宵。伤心雁足兮留残线，多情扇端剥雨蕉。香放山陵兮花一片，飞红万点过秋千。谁知我心兮愁似海，只觉思念渺无边。不期西浦兮柳条垂，烛冷停泊水中鹭。而遇东山兮浮云起，马如流水天人游。

　　庭前若飘举兮，春日宴会留。吴娃作双舞兮，柳岸泊单舟。绿绸兮迷歌扇，烟姿远高楼。下笔兮有千金，失业无须愁。当时年少兮轻狂，欲上碧落追仙客。如今琴闲兮石案，揽尽天香入一砚。鱼儿兮翻白浪，吐气如兰催秋水。蜻蜓兮点碧波，展翅似画飞澄空。凉风泣玉素兮，绿萼花叶簇。娇郎云中来兮，西帘卷初晓。人生兮共长路，出没参与辰。合言兮两相欢，珍藏笛与扇。单衫爱杏子兮，传情在今夕。送别去年人兮，凫渚见涟漪。遗世蒹葭兮，山峦如黛有倒影。似水流年兮，清酒一斛谁吟唱？

　　采得水中月兮，望向尘中镜。天白有雨来兮，相识只恨晚。片云出岫兮响轻雷，瑶池思奔正双飞。落凡绰约兮仙姑子，懒向人间长答媒。行尽十里烟水兮，欲问前路却涉川。有心隔岸回棹兮，怕误时辰还罢休。山歌声脆兮几多愁，红药耐看倦梳洗。雁过无痕兮不写诗，一方素帕寄心知。遥知此女白兮，月照鉴湖凉。耶溪赴约去兮，佯羞荡双桨。人觅画楼兮，有泪洒花淑。

谁怜身世兮，芦花似雪飞。执手兮衣袂分，月桥共看天上灯。风吹兮油壁车，只道无情也袭人。

茜纱兮昨夜凉，凤尾滴秋窗。星沉兮灵河远，梦醒红楼芳。绛珠兮有泪多，神瑛无愁长。木石兮结前盟，相对莫相忘。倾尽六神兮花露水，还寻帐中梦里人。饮水面对兮无暇，门当户对一枝花。迢湖未闻兮清曲，风吹石矶近彼岸。一片繁芜兮开满堤，闻歌应在小楼西。多情若解兮问月老，会教鸳鸯成双栖。八卦镜里兮成对开，点烛花开照影同。古砚微凹兮幽窗下，一丈蔷薇昨夜红。时不遇兮见君子，佩玉以可解相思。天自高兮起红尘，拂袖告之别良辰。

碧玉兮一树见，雨无声暮云合。晓来兮墙外花，韶华已过结发。经风兮待人语，游人在天涯。楼前兮溪水涨，双燕语雕梁。花纹兮玉掌梳，相对晓镜下。归来兮已不见，洞窗人似花。夜话共剪烛兮，不眠望天际。相思一寸地兮，水流无痕迹。与我分别兮，奈何奔东西。泪水流不尽兮，流尽许多愁。流在兮春日里，落花卜水逝。流在兮夏日里，车走雷声隆。流在兮秋日里，两鬓发如霜。流在兮冬日里，心如磐石苦。宁知情难移兮，思念朝与暮。望向水央空兮，长门泪不休。

西园梦

　　绿叶枝上鸟儿留，几日清闲几回忧。一样花开为春迟，煮酒看见帘内人。知是花开第几春，山前徘徊一片云。桃花溪水颜色在，春风不改吹雨来。流水三尺分高下，花落几朵别枝丫。花儿只为春开落，一段相思总是错。点滴难尽窗前雨，是我伤心不肯停。百计相问情何在，任我焉能不动情。结庐四处可为家，春来桃李满天下。今生应知前世错，年华卜水烦恼多。忽疑春色在柳边，错向桃红吹一曲。花红有泪不轻弹，夕阳西下照栏杆。一人空见花枝俏，但无云岫出河桥。有约共飞彩虹上，直挂风帆丹山高。

　　燕子飞回来又去，吹开娇红无人惜。天上风筝牵一线，拭泪又在落花前。一桥一段伤心事，花前月下最相知。雨未落下压云低，新芜尽日满河堤。眼见落红随碧水，一样飞去不肯留。无人花下别经年，口语轻来见纸笺。拈花一笑无人见，不上青云不上天。桌上灯光照无眠，频吹西风谁人见。雨打画桥见闪电，送春归去叹流年。春闺半开见池塘，为我针针绣鸳鸯。花红百日有人捧，水淡一朝无人看。竹篱边上有红袖，一朵黄花满地秋。今人难比古人明，不与星辰不与风。一榻月影夜半时，屋漏雨来人自愁。

　　雨打芭蕉无心问，门环轻响有人来。未约佳人来伴我，月儿又照小轩窗。走马花下度春风，早晚云开一相逢。见人就说花事好，此生只合花间老。面对镜里抹胭脂，结在眉间总是痴。纸上漂泊灯依旧，江湖夜雨又十年。琴音绕过屋檐边，弦断应有知音怜。水阔鱼跃三尺浪，风筝平步上青云。素笺照有几分月，枕上又书一行泪。临流不厌百回看，池塘倒映一片云。从容把酒度良辰，花间彩蝶任西东。轻罗小扇重相见，流萤点点舞成眠。桥上凉亭月下落，不让霞光从此过。夜半私语天上客，流水为证见银河。

西风拂过绿罗裙，一帘草色不堪看。不见那日东风里，人在梅边在柳旁。策马归去人未老，今年花比去年好。一年春去到秋碧，还为眼前那朵云。坐看云起花又落，路上行人马渐多。柳下暗送秋波去，临水楼台人落寞。离人总在春风里，回眸一笑只嫣然。坐看红尘天空晓，远游无处不魂销。春情只到梨花落，费尽离人泪几多。人隔千里路遥遥，望梅止渴在今朝。口中衔落丁香雨，雷声只在半天云。痴心一片未相许，落梅朵朵如雪砌。静数秋天人不眠，小红亭里又相见。相逢鹊桥杯空停，一行心事也无暇。

桃花源序

西阳有一隅，坐落在城郊。我为武陵人，三番去探访。徒步不盈尺，闻歌向前行。石扉镂文字，流水汩路途。雕梁画栋，云烟环绕山林。清溪寒潭，日出照耀雾岚。别有洞天，景色破晓河车转。斯文秀才，神机能知新闻谈。桃花夹岸，佩银环而带春风。卵石铺路，绾青丝以结彩蝶。瑞兽腾足，踏三千尘寰而去。鸾鸟展翅，越八百凡间归来。劳作勤快，怡然自乐享山趣。体态轻盈，悠闲快意顺天然。五谷丰登方圆内，十里香飘楼阁外。美酒斟来玉盅满，檀灰焚去宝鼎空。石栏通幽，神龛不便瞻容颜。钟乳滴水，暗河可以划船只。万壑清风生，千岩众面极。绿叶扶持花渐好，鳌头独占运更佳。玄都有幸开天阙，蟠园无分降人间。物换春秋，怨恨人心不古。躬耕田园，叹息世道无常。陶令落笔不落俗，刘郎思返却思宿。冷眼世上等闲事，应是桃源半仙客。泉，荷锄而立，慷慨成诗曰：

人生只是红尘望，月子伤心指迷津。

别自有情桃叶渡，分飞两泪横波流。

西风长裁合欢扇，结界未破晓镜白。

女娲休画双蹙眉，一样多愁随春风。

铛铛珊佩连尺素，桃花人面两不误。

烟里弄碧半是水，彩云斜插坠银环。

为有泉水游人爱，源自天然不负卿。

两妃登仙苦鳌竹，红泪流到潇湘去。

浔阳渡

浔阳渡，横波目，与君曾相约，共看红尘路。风波阻，拂缟衣，零落花无数。月缺映水中，相望两模糊。谁卷珠帘忆往事？往事卷起东风付。

雁南飞，念风住，一夜吹倒胆瓶梅，心字已无主。朦胧江心渚，清辉笼小筑。待到风波住，夜半梦醒失归途。横江雾，何期走上天涯路？一别深宫海角远，满眼尽是繁花树。将赋花间露，须臾一生春水妒。流年误，花期促，残花尽落伤心处，何处有欢呼？低绮户，红烛剪影情何物？摇曳珠帘幕，心事成满腹。空踟蹰，更恍惚，嫁与东风春不顾，人生能历几寒暑？有泪暗抛终无言，孤单一人难诉。琵琶弹尽世间苦，泪空垂，向谁诉？奈何桥上睹，三生莫相负，人间相思有只无。叮咚声，月渐入，昨日回忆梦里哭。穿越千年轮回主，知音觅何处？红颜易老不如昔，一声叹息还无处。烛花，寂寞开无主。天涯一回眸，水边的小屋，苍凉，失去了温度。绣口唱断暗香逐，轻拨离恨惊鸥鹭。花渐落，鸟声稀，纷纷泪红溅弦柱，声声还如故。记帕上，滴相思，铅华落尽人迟暮，满目尽是伤心物。魂一世情归何处？担离别，空诉寻觅苦，唯将平生误。舒长袖，望广寒宫阙人倚树。香残一世情缘谁做主？任凭，沉浮如梦驻。弦弦掩映心痛楚，声声唱尽如当初，醉后如蝶舞，风流葬何处？回顾，相忘于江湖。

卷二　诗词

古风

一

引凤过洛水，长箫横碧天。
上云伴我行，飞鹊绕星晴。
跳跃龙门乱，滚动画盘泪。
长骑鲤鱼去，徒留琴高名。

二

红尘飞晚霞，明月出瑶山。
星辰隔银河，鹊桥架姻缘。
彩虹挂穹庐，黄泉过客栈。
伤心在碧落，仙凡一梦断。

三

普陀观沧海，红尘有起落。
碧螺春无限，龙涎香几何。
对月弄影迷，弹琴舞袖长。
山高瀑为布，我是松下客。

四

织梦天上女，与生不同时。

彩箫吹琼宇，九霄飞羽衣。

绿云生双鬟，有凤来相仪。

花落岂无主，独看最高枝。

五

紫微垣中立，心随月盈亏。

人生各西东，动静如昼夜。

迢河思汉女，出门戴头巾。

星斗欲转灿，奈何云影沉。

六

凭君若相邀，还夸瑶池美。

长霄横碧笛，丹犀辟翡翠。

飞鸾绕彩柱，双娃骑巨龟。

信步踏涟漪，一一舞衣回。

七

桃花落寒潭，访贤掩门扉。

征尘三万里，云罗只雁飞。

天梯出墙头，月冷回故地。

此去何由达，功名棋盘车。

八

十方有尘寺，殿堂绕香烟。

佛髻钿为螺，毫光照大千。

星眸含慈悲，红莲绽世界。

八风吹不动，端坐天中天。

九

纤云过眼前，日出放天晴。

引针飞仙台，打坐参黄庭。

拨弦银河上，且共九霄闻。

青虬欲飞去，把酒朝玉京。

十

银河游一遍，花容度等闲。

挑灯众仙钗，还捧蟠桃献。

提篮下凡间，仙翁棋子闲。

红樱破阵子，回梦上九天。

十一

结爱非无缘，千里见地偏。

清白小家女，幽微大喜堂。

纸糊入洞房，花烛遇知己。

对镜理双鬟，红妆拜海棠。

十二

东风卷流苏，烟沉碧纱橱。

银烛呈宫藻，海针穿瑞珠。

月在迎风阁，香满扑蝶路。

记得葛巾紫，遥望是仙姝。

十三

扑蝶扇底风，前尘事荒唐。

滴水潮音洞，悬壶回春堂。

千山入翠微，百年写文章。

吹笙过夜台，星驰云未央。

十四

钟山苍凉透，栋梁出云垒。

星塔镇妖群，翰林多鬼魅。

人品垂历史，剑气立山麓。

眼见真壮阔，黄沙流长河。

十五

月上琵琶弦，飞檐云最多。

长亭望前途，洞庭起风波。

团扇掩明眸，玉案见闪电。

欲知千秋事，分明尘埃落。

十六

思凡着天衣，碧落飞忧愁。

玉女作歌舞，金童驾仙舟。

绿水渡羽客，画桥远海楼。

昆仑迷芳草，人间自会留。

银汉

银汉弄纤云，暗度伴云端。飞星正传恨，佳期如水凉。
六龙回高标，雨落倾宝盆。忍顾鹊桥路，牵牛与织女。
非雾无觅处，慧光夜半时。摘星来照明，托梦续香烟。

云门

北萝掩翠障，三叠画屏张。遥立风声疾，焚香弹玄琴。
双烟奔罗浮，裙拖潇湘水。玉女舞九剑，窗虚夜来风。
手中孔明灯，相对忘云母。彩凤有灵犀，凡心不相通。
巴笺三两幅，满写相思字。欲识仙人掌，三宵白露送。

潮生曲

花开在彼岸，月出无限情。潮音长来催，船去水成纹。
芙蓉绕兰桨，泛夜闻乡歌。笙箫吹玉户，披衣拂月照。
卷帘望天高，相思海非深。君愁落灯花，凭栏见仙琶。
万家碧落梧，百鸟来朝凤。潇湘竹千竿，良人望画图。

珠有泪

相见薛涛笺，银浪翻西帘。鲤鱼驾莲船，割得秋波色。
黛螺鸣长空，不记五洲侯。月明蜃楼没，鲛人泣泪珠。
经年失消息，嫁女如水覆。东床痴若云，空抱龙石枕。
负我殷勤鸟，锦瑟无弦柱。愁看地与天，海誓已惘然。

天道两首

一

星夜坐玄关，太乙出天门。救苦响惊雷，人间满危城。
烽烟蚀白日，纯阳出正锋。神州斩不平，谁让乾坤逆。
风卷残云去，甲兵顿凋敝。问鼎旗帜盛，横扫思北冥。

二

玉皇统诸天，驾御灵霄上。升降有三清，盛会在瑶池。
威名弘宇宙，开辟新仙界。功盖满尘寰，万劫只等闲。
勾陈掌星宿，海内齐归心。高枕享神道，太平起蓝烟。
时运转乾坤，四方来朝拜。六合参斗数，位临紫微垣。

长干曲

柳枝碧如此，双飞燕子迟。见郎折花来，羞颜嗅青梅。
竹马绕床畔，低唤不一回。同是长干人，侬家住横塘。
两小拜天地，祠下作洞房。双木为良证，磐石无转移。
十五君远行，目送九江侧。侬发初菡萏，日日盼船回。
九月秋风高，雁字回南面。泪染墙头草，蝴蝶满城黄。
疏雨滴梧桐，捣素望栖鸦。忆郎倚门前，直待红花落。

采莲曲

桂楫浮兰棹，清波闹画舸。闻歌知雅意，含情目长睇。
罗裙一色裁，笑脸水中见。置花怀心中，两袖彻底白。
风摇红玉影，口尝沁芳泉。相思复相见，成双作吴侬。
素手采莲子，白露湿飞裾。芙蓉破两桨，嬉戏弄晴娃。
折荷不折叶，十五羞君颜。雪藕腕底香，微步采莲人。
系得娘赐佩，结欢在天堂。流月来相照，碧海泛青灯。

相思曲

泽国雾迷茫，芳草生水湄。纱帐出好女，方帕戏娇娃。

芙蓉破两桨，蜻蜓点清波。轻舟伴浪头，竹喧开斗伞。

云砚倾雨墨，画盘滚露珠。青龟浮淤泥，藻丛觅群虾。

相思黄叶尽，雪丝连断藕。西风知我意，吹梦下荷乡。

游冶在岸上，花叶共人语。争锋光射影，棹起闻歌回。

红绿如当初，飞鹤杳玄湖。汉服一色出，黑白何在浣。

邻流举香袂，隔船抛莲子。日出照新妆，所思非游郎。

雪藕出淤泥，竹桥连水榭。凝睇长相送，含情上心端。

海市

海市出明月，城墙漾波光。千灯照碧云，菱藕夜来仓。
船泊连东吴，碧瓦识风向。珊瑚千百丛，四壁透光亮。
珠帘微卷起，玳瑁可作梁。鳞甲闪水底，人影伴炉香。
楼阁添光彩，商贾贯四方。虾兵频往来，物品多花样。
碣石飞海雾，终日长思量。浪花凭鱼跃，天高任鸟翔。
水晶映深宫，举目着新妆。镜开在案台，相思满云乡。
绡帕留泪水，鲛人捧珠光。岩石伤心白，朱砂点额上。
栏杆明如玉，所思在天窗。连城店铺立，价值非凡响。
贝壳鸣音乐，闹市有喧扬。十步一行人，各佩璎珞晃。
所购是春色，此地买不到。世上别洞府，海里有宝藏。

七夕

天阶灯如昼，画屏点银烛。忽闻古筝曲，遥传自南湖。

寻音傍梅岗，转眼过竹坞。凉亭静如水，画廊花影簇。

薜萝清欲滴，芬芳满蘅芜。坐石聆听久，仙乐忽然住。

一曲枉凝眉，拂弦偶有误。炉袅碧罗烟，香满碧纱橱。

弹指已三更，梅魂穿窗入。玉盘伴竹梦，衣带随风舞。

海棠晾红妆，玫瑰宿雨露。罗裙频低头，小扇迎面扑。

流萤耀异彩，群星眨明目。含羞夜半合，心思向谁诉。

寂寞人归后，花前不堪哭。银河悄无声，鹊桥共谁度？

柳枝五首

一

折花门前剧，柳枝尽相依。白露褪芳华，拟愿结山盟。

春风自绾环，石榴红裙衣。玉簟结尘网，石阶羞青草。

坐愁朱颜改，不失抱柱信。金鞋绣翡翠，溪边放风回。

长作去年人，杯水含罗碧。西邻有才女，只是赠佩兰。

二

柳枝低琴柱，成荫未结子。轻灵楼上女，系马待好风。

闺中绣荷包，鸳鸯戏池塘。抚弦好事近，偶非凤求凰。

十五养蚕虫，张机织嫁衣。抱琴一长辞，只作两相望。

约至花开时，行行复已远。岁月催人老，努力爱春华。

三

好鸟争高枝，开门郎不至。画眉似旧样，遥望远山长。

迎风见花落，扫地云守拙。苔痕上阶东，纸鸢飞烟中。

宝鸭偎止水，柳色不堪看。绣帘未敢入，田上扛花锄。

绕指青丝弄，香气闲花笼。双泪湿罗衣，长日不梳头。

四

沉鱼翻花浪，催送尺素来。纸上生年华，苦雨风中细。

红炉煮杯酒，难消女儿愁。淡扫眉如柳，章台久望夫。
帘钩挂山黛，流苏熏瑞脑。长亭等天青，羞草拂瓷瓶。
画船未肯来，望日含悲辛。呵手递翠翘，寸心成追忆。

五

柳枝低绿绮，涉波溅裙裾。萦念绕汉水，始信遇游女。
生来无一用，挑灯又何妨？水陆两相望，物物自成双。
二月二日行，西风水上清。手持珠有泪，会解此中情。
丹青绣屏障，步步各相访。为何前生里，两处笼鸳鸯？

无题

一

夜沉长河如水凉，晓星红烛各有光。
石榴花开三径露，浪檐风吹五更窗。
柳生因故娶孤女，龙宫缘何愁东床。
燕子闻得枕上事，更作呢喃在画梁。

二

银河吹笙纤云深，院寒楼冷烛影沉。
水纹纱簟萤无色，钗光碧影月有痕。
三更云车少转瓦，一春梦雨常满盆。
何须卷帘丹山路，楚管昨夜落红尘。

三

片瓦西风夜如昨，知是山庄第几座。
陌上斜坠金步摇，檐角坐看芙蓉朵。
瑶台有梦伴云来，轩窗无雨青衫落。
一样闲愁分几许，欲上莲峰飞鹤多。

四

珠帘凝碧伤心石，相思月光满珊瑚。

浪花翻开般若台，宝镜照看沉鱼妆。
箱底藏有锁子甲，后殿空无放彩针。
朝天登上云霄去，四海升平把歌唱。

五

长日三弄五十弦，忽然乘舟梦口边。
子棋本骑赤鲤来，如画原在蓝桥见。
踏足珊瑚翻西海，提篮袖口货云烟。
不辞人间千里路，为向苍生求两全。

六

芳亭无端费思量，拥衾难耐夜深长。
石榴湘裙风中舞，幽梦高唐云内凉。
聚汁洒成愁千点，隔雨添来泪一行。
挑灯何幸辞红楼，不语婷婷罢晚妆。

七

昨宵楼阁十二层，轻烟炉里满檀香。
仙葩鹤困翻书页，群芳酒醒枕石旁。
凌波亭断红藕丝，玻璃槛纳柳风凉。
茜纱窗下情常在，细雨霏霏梦潇湘。

八

卷帘天高卧枕边，三生三世思心田。
白帝春杯托喜鹊，青女霜泪斗婵娟。
碧海似梦龙吟石，蓝桥如画水沉烟。
两情若在当初见，只是相望已茫然。

九

珠帘微卷水晶宫，眉边衾里宝焰沉。
飞天有梦几多云，落红无端又成阵。
白夜踏破滚火轮，长亭送别定风波。
何须浪上挎竹篮，一尺相思不染尘。

十

一夜飞龙缠玉柱，轿子顶外响春雷。
软衾巧绣半边莲，幽窗微露一剪梅。
欲求麻姑买沧海，晚问月老托明媒。
玉碗银铛饮井水，雨中细看倦鸟飞。

十一

素女吹箫连河汉，鸾凤齐飞落西秦。
空见碧城十二槛，愁闻银墙五更琴。
雨打前朝后浪推，雷动池塘厉风行。
百花齐放昭飞雪，一旨能教满天星。

十二

银浪翻开水晶帘，十五偷看玲珑月。
彩鸾传得尺素来，飞琼踏落碧波去。
吹笛河汉转云车，舞剑青霜上太虚。
合向金鱼锁芳丛，珊瑚一枝朝天阙。

十三

吹来春梦半掩门，户开蓝田玉一盆。
金鱼齿锁红桂香，鸳机织罢纤云纹。
铁船有棹过果老，碧波无路飞双成。

当窗细雨压微波，山长水阔何处问。

十四

歌声唱罢谁家梅，卧后清宵下帘帷。
陌上年少青衫薄，小楼妆老红颜泪。
早莺暗啼空枝花，洞窗微见正天雷。
雨中结愁不堪看，报与青鸟成双飞。

十五

碧城十二曲栏杆，昼生风光夜生寒。
阆苑有泪垂仙葩，女床无书附青鸾。
雨过海南当窗见，星飞斗牛隔帘看。
若是晓珠落又定，一生长对水晶盘。

十六

十五共看月儿圆，飞奔霞宫句未裁。
福海半梦鱼须金，瑶池微见碧玉钗。
浮云本应飞山岭，沉钟只须对阳台。
天阶一别远难唤，更有潮音翻浪来。

十七

凤笛声声春宵半，催成纸上墨未干。
扇裁秦楼当时月，语罢楚馆昨夜栏。
蜡灯垂泪通罗浮，画轴出烟落碧簪。
点烛花开迎青鸟，相隔万重是关山。

哪吒

三坛海会有大神，包罗万千显英雄。
日绕龙鳞识圣旨，上天入地笑开颜。
清风万缕混天绫，足踏一对风火轮。
三头六臂舞缨枪，乾坤圈飞陷敌阵。
四海八荒皆闻名，百战百胜永太平！

净水咒

郡亭枕上望海潮，白衣大士对我曰。
南海闻得妙音住，发愿速种智慧因。
南海证得清静地，须往乘坐般若船。
我今施咒于神水，驾鲤十里游莲座。
起持掌心卍标转，银川悬河三千尺。
偶登龙头上宝观，三符降下南天门。

风云

黑云压顶惊地罗，立鹤放彩迎天雷。

青虬狂舞穿云霄，欲揽疏星渡河汉。

火轮飞杳突红缨，天王开伞招降魂。

石破天惊出日月，宝塔落成镇炮楼。

蓬河巨兵星旗动，神射紫电站南门。

放矢飞箭快如雨，天马行空出云阵。

银汉力士扶天柱，真火焚烧盖地衣。

龙车玉辇巡人间，飞焰朵朵化红莲。

出山

几度轮回几度忧，伤心碧落处处留。
一年春化成秋碧，不见森林在何处。
太白绣口吐清绝，银河倒挂一壶酒。
仙鹤飞去不可追，白日相思出洞天。
树下对弈三两盘，泉水叮咚响山涧。
踏破红尘任来去，欢天喜地把发梳。
扶摇万里东海路，相对昆仑浴仙湖。
罗衫飘忽白云边，十步回头背神剑。
行满三千有造化，落红成阵谁葬花？
月明鹤背一支箫，夜行十里任遨游。

西帘

月满西楼潮未起，红烛摇曳昏罗帐。

蛟龙恰似云中来，风吹折扇见彩虹。

对弄天花琴初成，酒杯盘上银环样。

汉水一遇剪离愁，游女双眸夺泪珠。

先期牛郎会有怨，碧簪一划隔银河。

霜娥若非婵娟子，广寒无夜不生凉。

但闻弄玉吹长箫，不见罗衣卷车帘。

山高路远天宫在，已有星妃飞奔来。

凌波曲

芙蓉绕楫水面采，不厌整理晚来妆。
收有玉扇呈尊前，珍藏笛管伴衣带。
月映耶溪锦为缆，趁夜催发向九江。
金壶灌肠与君饮，共指三星相为看。
儿时初戏陌上花，但悲高堂早还家。
翠钿终日望门前，堪忆青梅拜天地。
倾尽光阴心不惜，带笑还怜花叶香。
浓黛误作西方石，悔不当时下潇湘。
造化不宜归桑田，情郎偏教薄后书。
只缘甘心插杨柳，有女终究嫁东风。
玉碗盛来琥珀光，携手相知梦已往。
此去当随劳燕飞，莫醉西楼抱恨长。

星阵

空中显灵会仙师，蓬莱叩见落棋子。

青玉案前点天将，一万水族尽从兵。

上洞湘笛碧落来，各显神通战西海。

扇翻清风舞蛮腰，龙鞭卷雪击黑轮。

旗动八面突红缨，碧波一一开铁莲。

水声浮影闭白月，锦瑟拨弦带星来。

广袖排空扫妖氛，葫芦放焰火烧云。

鹤奔电驰疾如雨，五行阵开刀枪鸣。

铁网一夜困龙石，高枕珊瑚未有枝。

今日幽光自可胜，飞剑驭气上黄潮。

入凡尘

昆仑山下旧仙女，立地绰约别当时。

解怜寂寞花不语，夕阳又照三生石。

灵河岸上落晓珠，窗前梅花沐白露。

女床有书附沉鱼，次第泪洒水晶盘。

几日娇魂寻不得，水佩风裳入尘路。

伤心碧落浮云雨，满坡花叶类不同。

风吹天阙见群真，浪接海峤闻箫声。

金陵春雨细如飞，艳轿兰房春又回。

满座屏气显风采，一语惊醒梦中人。

对影红泪洒潇湘，可怜相见不相认。

低眉敛首泪未匀，忆向山房不染尘。

小径风凉侵罗裾，人间空染一伞青。

荡漾秋千不愿下，岁月何曾肯留住。

若是天意怜幽草，定教人间重晚晴。

鹊桥两首

一

春烟自碧丝絮乱，映帘衣带有宽窄。
欲画蛾眉难成画，巫山云雨自高低。
星耀光彩满天阙，云端飞度登天梦。
赤鳞狂舞拨浪弦，银屏双星入河汉。
碧玉小女未嫁时，吴刚伐树倾酒杯。
小院古筝风浪起，吹动帷帐帘钩轻。
云外青鸟传消息，海阔鱼沉天亦迷。
双悬日月照乾坤，自有光彩放世界。

二

沧月画舫冲天宇，玉环未识水韵婵。
翻波滚浪杳何许，云根雨脚小天西。
飞蝶只对秋千泣，彩画长见天堂白。
终日相思却相望，捣素一尺鱼有知。
春风未解分红袂，桃叶成双金步摇。
越罗轻轻藏弦弄，阆苑尘满有飞琼。
疏星不入银河路，烛高风帘满九州。
安得飞燕衔碧钗，舞作楚腰掌上去。

仙游两首

一

怅望君山水微澜，飞来九华云一片。
伤心碧落作游仙，梦断巫山见神女。
犀玉摇摆指汉水，扇开柳条吐金丝。
拂袖群山退云雨，欲将紫烟入穿管。
古有甘露洒蓝田，近闻牧笛吹杏花。
不让伏笔归海角，却扫章台认峨眉。
斗转河汉过屋檐，百姓共此明月光。
缘何江山不归山，岂有天池不纳流。
抱柱长怀共姓苦，过门不入望夫台。
扇面婉转呈瑞珠，二月二日拜龙王。

二

绕花门前垂双环，愿结刘海比翼飞。
鹤唳苍松升白日，穿针走线入红尘。
绿水波澜开斗伞，浓墨淡彩停丹青。
月照耶溪竹喧处，银环叮当秋黛光。
气贯长虹剑如练，越女争锋棹歌响。
两袖清风霓为衣，追随鸾尾上九天。
此情相思却相怨，西当太白鸟飞还。

琴声三叠云影张，翠带牵风舞未央。
纤云织罢金鱼纹，清河水浅开屏羽。
山有木兮美人迟，无边太虚任遨游。

蓬莱四首

一

花若再放春心浅，欲将相思传尺素。

歌唇衔落丁香颗，一世馨香雨中散。

细梳龙纹缝圆顶，叮叮环佩认六亲。

初露端倪怜小巧，齿锁青苔背秋千。

罗扇舞罢东风怨，稳身金泥腰肢在。

长眉对泣春天里，悬知裙钗犹未嫁。

北斗回环水声浅，露华褪尽芙蓉面。

不辨玉轮终皎洁，可怜清辉手中满。

二

惊鸿一瞥伞青青，长萝烟雨连南陌。

斗草会有海燕来，云雁足系西楼信。

邻家有女嫁不售，东君有意无别情。

湘弦楚管愁一概，化作幽光入龙宫。

柳琴因风起海涛，归认阿母上瑶台。

晓星欲隐秋光色，萧史引风过河源。

醍醐灌顶一杯酒，吴娃双舞水葬处。

玉扇未怜亡国人，手接云屏呼天尊。

三

东边雨晴天西下，雄凤孤飞女龙寡。
海风云涛仙袂飘，琴端蝴蝶弦外迷。
风尘三千扇一把，情丝断断坠锦瑟。
遥向碧落问神女，不见巫山见瑶台。
云梯步步落尘埃，霜风只识刮鳞台。
红尘未破衔雨看，三生轮回长生石。
星辰灿烂当窗沉，蜡烛啼红怨天晓。
泥马不能朝天阙，已载真君过长河。

四

凤尾森森十二栏，碧纹圆顶雨中看。
弱水一瓢去悠悠，结愁三千不回头。
湘灵鼓瑟湘江上，内记相识侣成双。
怅望舟中拨弦乱，红荷风吹鄂君颤。
惯与青灯共憔悴，长思北斗苦回环。
梦笔生花发如霜，太白乘醉书芙蓉。
提篮麻姑货云烟，为向东海买沧海。
丹成逐我三山去，不作巫山云雨仙。

战歌五首

一

十万火急传驿站，投笔从戎月光寒。
兵临城下滚浓烟，横吹铁笛起风沙。
山水连营出锋芒，运筹帷幄烛影摇。
四面楚歌鬼泣唱，愁眉未展锁边关。
困眼酣战百回合，力挽大将士气高。
千蚀飞天世道乱，三垣星宿明又暗。
欲听琵琶安八方，笑卧沙场图一醉。
旌旗浩荡向前去，西北仰首望天狼。

二

池塘秋高月未央，城门失火鱼遭殃。
危在旦夕陷重围，风雨兼程赴战场。
厉兵秣马图大计，暗度陈仓有主张。
旗开得胜扫黑暗，将士阵脚稳如山。
鼓声一响壮军威，雷动云端大气场。
煮酒一杯直须饮，势如破竹平蛮方。
剑锋所向皆败北，十里连营放天光。
催动三军齐开拔，长驱直入望长安。

三

狼烟四起烽火台，横扫星野九州同。
金甲向日倚天剑，辟破敌垒落尘埃。
战鼓擂动惊山河，天旋地转万马嘶。
风雨飘摇固金汤，旗帜林立在城头。
黑云出岫多变幻，划清三界卒子乱。
开弓一射立关塞，利箭飞去成大道。
八卦阵前长枪出，壮志未酬踏百川。
白袍挥斥讨群贼，换了人间英雄泪。

四

西风狂挽千层帐，云烟萧瑟笼群山。
三更丁士点火把，勤画地图为天下。
因地布兵无城门，所向披靡万人敌。
锐不可当避三舍，横扫千军北斗移。
刀剑出鞘分高下，长征讨伐皆铁甲。
银枪白马当前锋，战袍已披会群英。
星夜驰骋见曙光，血染桃花冷烟霞。
兵马未动粮先行，铩羽而归展大旗。

五

阴云密布压城池，电闪雷鸣立罡气。
令旗一挥平天下，乌合之众举盾牌。
执戟飞快走单骑，斩断一字长蛇阵。
登高壮观上垛楼，丢盔弃甲滚车轮。
万箭齐发遮日出，魅影白夜会飞升。
天有玄机人难测，战士三千守阳关。
十面埋伏出大营，吉星高照退五路。
出征马蹄扬尘土，高唱凯歌班师还。

定风波

月明沧海托孤掌，
鲛帕蓄泪始成珠。
身无彩鳞翻波浪，
心有灵犀通净瓶。
紫竹点破姻缘纸，
龙梳巧结双喜环。
帘卷碣石摇空绿，
蓬莱有多远，相隔更几重。
青鸟留恋处，休迷人间最高花。

玉满堂

昨夜风，桂堂东。

上有青冥或可睹，帷卷长庚花想容。

毫光微度绣银汉，魂飞云端女墙红。

络纬传恨啼深宫。

曾见星灯沉海底，画屏寂寞月明中。

金烬暗灭情转薄，石榴红透心不通。

梦醒后，篝色浓。

巫山雨

门闭梨花倾玉盅，垂雨阳台手生疏。
月光出平湖，影落一页书。
几回寻路问人家，惊看庭中罗袖碧。
一梦到枕边，云绕月中天。
花丛如今懒回顾，终日思君不见君。
散发大笑朝天阙，别意与之谁短长。
巫山来去皆是客，水绿难分榻上侧。
神女曾入祠堂前，一片独白犹自惜。
沧海难为水，
修道也等闲。
登仙，登仙，别了红尘人间归去也。

游戏

假期余闲，梦幻修仙。

我自向往昆山巅，海南岛上来相见。

铸剑能通灵，御剑飞天行。

青云直上，有轮回之台。

地图点击，可挂机通关。

水帘洞天分晓，阆苑福地合并。

云罗舒卷任自然，双眼泪下见梦璃。

寒潭幽深藏蛟龙，农舍堂前啖荔枝。

百花洲上葬花岭，盘旋而去九百里。

打妖捉怪盼升级，时来运转成大器。

遥见真武塔，轻松踏绿莎。

喜获白马匹，天涯共嘶鸣。

洛水城池玲珑宫，水中睡醒蓝莲花。

姻缘坛里桃红面，月老亲牵手中线。

心愿筑此间，不为名利客。

倏忽到时辰，出门望明月。

天池颂

天池水微澜，飞来云一片。
结伴大陆作游仙，欲持彩笔画天地。
人间有正道，群峦吐仙气。
拂袖宝塔退屏障，岂有紫烟入盒子。
斗转回环过飞檐，千里相隔共明月。
缘何蜀山云遮天，怎么田地不纳泉？
飞龙原非池中物，一遇风云腾上天。
遨游五湖与四海，运转乾坤升九重。
抱柱长怀相思苦，共饮一杯解烦忧。
不教邪气绕山河，却让神舟认无极。
早向天阶求符箓，电光闪动白云边。

云归

太白去遨游，我等也羡仙。

人间存知己，天涯亦相见。

把钱唤饮不图醉，千杯万盏是米酒。

追名逐利竟何求？不如天地一扁舟。

迢迢山水间，河汉桥难通。

悠悠梦乡中，青衫升九重。

伤心碧落情一诺，长向彩虹踏风波。

天宫胜境多寂寞，脉脉不语是嫦娥。

飞阁流丹舞金凤，玉柱林立落画卷。

腾挪云海几回见，人外人，天外天！

千岩路转现光芒，渺渺茫茫会群仙。

佩得一块蓝田玉，欲入水阙作东床。

乘槎紫氛三山远，何须吐珠戏海上？

飞过东海寻灵石，寻得灵石好补天！

宝莲灯

瑶姬生来女名婵，花开几度出桃山。
天阶一梦别流水，市井流连不思返。
不思返，恋人间。
半路乞巧思成双，祠前讽签是何人？
寻来原在瑶池见，贬落凡尘别经年。
从此坠入爱河去，不计新规与旧矩。
只身压落莲峰下，未见莲花梦里来。
生下沉香持玉斧，一朝救母出华山。
侍女灵芝捧天物，宝灯一盏惊仙群。
天有天条事难违，恩有恩爱法无情。
仙人殊途两茫茫，上穷碧落与君别。
与君别，应有语。
宝灯误落到凡尘，情天情海幻情深。
江山美人各有主，人间相见一百年。
此生此爱何时了，唯有相思随君去。
抚琴流水两不知，欲诉东风又无语。
烟影如画几度寻，玉殿风来暗香满。
星沉晓河抬头见，繁华事散香尘断。
花开花谢落难寻，天涯回首谁收葬？
请君莫奏前朝曲，看我一曲舞霓裳。

逍遥叹

我乃净瓶一滴露，涓涓细流菩提树。
又是李白一壶酒，甸甸飘香山边走。
化作云霓真飘逸，仿佛隐者着青衫。
酿成白醋解相思，解不了爱恨情仇。
漫步人生路，终归一场梦。
求学苦读不致远，功名利禄落寒窗。
徒然问前程，高考榜有名。
黑日压顶天门开，彩笔点睛厄运来。
阴差阳错，几度龙潭困龙头。
山穷水恶，数回虎穴逃虎口。
悬壶长生门，怎堪济世界？
方圆闲扫帚，天地任翱翔。
借问东游，八仙过海情切切。
何处红楼，葬花带泪思悠悠？
重返文坛，文坛阴气弥漫。
出道江湖，江湖人心难测。
同写三生石，管我青丝散扁舟？
共饮一杯酒，任它黄鹤去不留？
庄周化蝴蝶，童心恋花草。
陶潜归田园，理想面南山。
莫把业障当事业，休要钱财当福报。
若得自由返自然，朝起岭上唱高歌。

采莲花梦游

云水共参禅，琴心来无端。梦里西上莲花山，千里迢迢一云寒。登高闻鹤唳，清波照影去又还。下有渌水，上有山峦，此身飞上云端，不须叹！

后人不见太白峰，我今携琴长追随。棹动抚玄发，听我鸣绿绮。飞盏发狂吟，羞杀白丁流。抽刀断石镜，乘槎谈东瀛？连朝语不休，万事付水流。渺渺青冥荡天地，问我岂能不动情？信手采云萼，骖龙而上游玉清。

青衫行

　　轻罗香扇薄几重，细梳龙纹裁西风。杏花烟雨乱，映帘衣带宽。云走雷声珠难吐，伞掩月魂语未通。烛影暗断墙，画屏彩线缝。风吹云散朝天去，何处山谷有好峰？山高寒烟雁飞走，伤心此路上碧游。红叶满地非故树，云能出岫也多愁。霞光潋滟日边来，孤帆一片入翠微。饮罢井水行不改，群山隐约半遮面。

　　遥见天阶过长河，凤笛声声驾彩车。青女素娥俱有意，前尘不共碧落飞。诗千篇，酒一壶，山道崎岖通罗浮。迷花倚石不辞远，故人依稀焚香炉。青云绕山柱，十步登天梯。时来运转我骑龙，翻波滚浪常在水中游！

卷三　附录

杂谈

蓝太阳

北京在沙尘天气过后，天空出现蓝太阳，蔚蓝色的日光很美很浪漫，百年难得一见，这的确是很珍贵的时光，而且是祥瑞之预兆。据报道石家庄也出现过蓝太阳，而有很多别的地方却是白日当空，没有出现蓝色。相比之下，蓝月亮出现的次数比蓝太阳出现的次数要多一些。

镇水神兽

四川成都天府广场附近，挖出一尊镇水神兽，是事有巧合还是天意使然？随后大雨不止，接连下了近两个月，成都一带都遭遇洪水。传说古代江水为害，蜀守李冰治理都江堰水患，做石犀五尊，两尊在府中，一尊在市桥下，两尊在水中，以厌水精。现在镇水神兽仍然在成都，已经被完好无损地保管起来了，可以浏览参观。

龙吟

龙分为旱龙、草龙、水龙、火龙，又分为红龙、青龙、白龙、黑龙、黄龙。贵州毕节威宁县秀水镇的山中传来绝望的龙吟声，音频强度很大，传达几里之外，围观者上千，没有人看见龙，也不知道什么原因，想必是一条困龙。后来官方进行消息屏蔽，予以辟谣，相信龙是一级保护生命，应该考虑龙的生存环境。湖南武冈市石地村挖出盘山石龙的两只巨爪，呈现银白色，鳞甲清晰可见。据说西安古城阴暗的天空中，出现过两条十米长的龙影盘旋往复，有人说那只是灯光探照或者是有人放风筝。

夜晚火星

作者的母亲在一个夏季的夜晚，站在楼台上看见天上飞落两颗火星，一颗落在西边酒厂，一颗落在河对岸。第二天母亲才告诉我夜晚看见两颗火星的事。谁知就在第三天，河对岸的一座房屋和西方的一座酒厂分别同时起火，化作灰烬。

月亮打伞

夜晚观看天上的景象，有时候有星星，有时候有月亮，有时候是无星无月的黑夜。初二初三蛾眉月，十五十六月团圆，十七跟前十八跟后，月亮跟着太阳走。偶尔月亮向周围扩散出光晕，仿佛打了一把伞，娇羞顽强而又楚楚动人。偶尔，天上还会出现超级月亮，比平时的月亮要大一些。

漫天黄雾

作者喜欢设计，空庭羡鸟飞，怎么能有一个飞行的背包呢？想着想着，虚度时间。有一次处于端午节前后，我站在自家楼台上看见天空忽然起了漫天黄雾，对面看不见山峦，也看不见低处的河流，甚至两米远的石桥也看不见了，这是什么天象呢？难道有仙佛降临，还是有什么别的原因呢！

红色天空

初夏的一天傍晚，浙江舟山出现天空变红的奇异天象，维持了短暂几分钟后消失，引发了人们的多种猜想。气象局声称是光线折射空气中的颗粒物造成，有关专家解释说是秋刀鱼渔船的探照灯映红了天空。随后，福建福州也出现了天空变红的景象，也只是几分钟的时间，但是当地并没有渔船。几个月后，河南郑州出现了绿色天空。

乐山大佛

四川乐山有一尊唐朝时开凿的靠山大佛，高几十米，佛脚可以容纳几个人坐在上面下棋。传说乐山大佛哀悯众生，不忍目睹人们受苦，偶尔会流泪，他的眼睛只要闭上，世上就会发生严重的灾难，历史上已经闭眼四次以上。但是也有人说，其实是化合物作用导致佛像闭眼。据说浙江普陀山有观音显灵，台风数次登陆都被掉头改变方向，未造成灾害。

阴阳洞

山城重庆的某地大山里有一个阴阳洞，因为从这里吹出来的风，在经过洞口后，被奇迹地一分为二，一边透着凉意，一边热浪来袭，而且更为神奇的是天气越炎热，洞口的温差就会越大。

龙吸水

专题报道黑龙江的牡丹江出现过龙吸水奇观，亲眼看见的人很多，只见巨大的水柱从江面向上升起，直入云端。另外，在江苏高邮和广东的附近海域，也有人看见龙吸水。据说龙对于水天生有特殊的驾驭能力，只可惜云层很厚，看不见云内的情形。

海市蜃楼

朝霞不出门，晚霞行千里。通常情况下，在内陆生活的人没有福气看到热闹非凡的海市，更别说美丽神秘的蜃楼了。然而天公作美，会在云层上显现出海上闹市和五颜六色的天宫楼宇，错落有致，奇景纷呈，让内陆人大开眼界。

春雪

作者某年春季在庭中读书，忽然看见漫天飘雪，不一会儿就被打湿了外衣，空气也变冷了，只好去屋里烤火。后来，秦岭和陇南等地就出现过五月飞雪。传说有的地方六月飞雪也曾经出现过。

冬天打雷

作者在某个冬天的夜里，梦中突然惊醒，原来是天上打雷闪电，窗外还下起了三更夜雨，想必屋后的小池涨满了雨水。传说冬天打雷有动乱，春天打闷雷是有瘟疫，想不到真的暴发了影响全世界的三年大瘟疫，直到病毒逐渐减弱方才解封城市和乡村，人口与动物死亡不计其数。

火红飞狐

四川乐山的荒郊山岭中发现野生的飞狐，全身毛色通红，有两翼却不同于翅膀，能走会飞。传说中的九尾灵狐也是珍稀品种，但是不会飞，精通修炼之术，夜晚张口采纳月光精华，吞吐自己的命珠，能通灵，人称"狐仙"，擅长给人占卜、治病。

三星堆

四川广汉三星堆考古，出现几千年前的人文奇观，不可思议。其中出土了青铜人像，口大，眼凸，耳朵长。还出土了黄金面具，残缺的、完整的都有。扶桑神树很奇特，有九只鸟托九个太阳，跟《山海经》的神话很相似。还出土了圆口方尊，跟商朝的四羊方尊不同。黄金权杖是用超薄的金箔包裹，上面还有文字和图绘。其中，大量象牙和贝壳是哪里来的？是用什么交通工具运输来的呢？文物的高科技含量存在，史记没有记载，到底是不是华夏传统文明的一部分呢？考古界至今没有给出答案。我从李太白的《蜀道难》找到了蜀王蚕丛和鱼凫的记载：蚕丛及鱼凫，开国何茫然？尔来四万八千岁，不与秦塞通人烟。

红月

月白为旱与丧，月青为饥与忧，月黄为德与喜，月黑为病与死，月红为争与兵。红月跟红日和日食比起来更难看见，民间认为不吉利，月若变红，将有灾殃，是凶兆，会发生冤案。更可怕的是血月，尤其象征女子落难。道家说明月是众星之主，月亮变红，人间正气弱，邪气旺，怨气满，戾气强，动荡不安，火光四起。

雷击山峰

作者有一次站在自家的阳台上,忽然看见天上云层变动,逐渐密集,有雷声隆隆,对面的山峰突然被雷霆击中,燃起大火,忽而大雨下起来,火被浇灭。几道闪电一起指向山脚,又是一声巨响,不知道天上在追击什么?据说还有极其罕见的地滚雷,威力也很大!

流星飞房

作者在某个夏夜,一个人站在自家庭院里纳凉,一边吃西瓜,一边仰望天上灿烂的星河,七夕佳节,喜鹊搭桥,不由想起牛郎织女的美丽故事。忽然,在我眨眼之间,一颗星星忽闪忽现,快速飞动,从房子上空划过去了。某一夜,我还看见天上两颗不同位置的星星在移动,交换岗位后又静止不动了。

清明上河图

作者在湖北沙市地摊上买下了一幅清明上河图的赝品,有人说它的艺术价值非常高,足以让人暴富,我一笑置之。据我研究,画上面是描绘当时宋朝京城的衰败凄惨流离的景象,仿佛环境出了状况,简直是异样人间,难怪张择端画成此幅画没几年,京城就被灭亡了。

鸳鸯锅

湖南在入汛之后,浏阳河由于受连日的暴雨影响,河水变浑浊,致使浏阳河与湘江交汇处出现一浊一清的曲线奇观,当地人们把这种现象称之为"鸳鸯锅"。

三阳开泰

北京的一天早晨,雾蒙蒙的天空有日出,升起在东方,旁边还出现两个幻日,看上去就是三个太阳排在一起,光耀赫赫。这样的景象出现在人们的视线中,是十分难得的吉兆。

地火村

重庆长寿区有一个神奇的东门村，地火冒了六十年依旧不灭，被称为"地狱之门"。村里的空地上，分布着大大小小的土坑，坑里有火苗在燃烧，虽然火苗较小，但是即使下雨，火苗也不熄灭。村民在火坑上，用砖头摆好灶台，烧水做饭，十分方便。后来知情人士透露，那里有一口废弃的天然气井。

鲤鱼跃龙门

南京的一天早晨，空中出现很多排列整齐，酷似鲤鱼的云彩，仿佛一条条的鲤鱼鼓足劲，尾巴跳起，正在准备跃龙门。传说山西有座龙门，天下的鲤鱼凡是按期去那里，跳过龙门，被天火烧掉尾巴，就能化成龙，只是没有人看见过。

水煮黄河

古语说，黄河清，圣人出。近日受寒潮天气影响，河面出现薄雾升腾的景观，比较少见的是黄河之水好像被煮开了一样，翻滚跳动。从空中俯瞰，河面笼罩在白茫茫的蒸汽之中，阳光照射下，整个水面如梦似幻，宛如仙境。

水晶兰

江西贵溪林场发现四十多株水晶兰，有单独一株的，也有多株成簇的，它们对生态环境要求非常高，全身不含叶绿素，不能进行光合作用。水晶兰极其罕见，在幽暗处时常会发出诱人的白色亮光，因此被称为"冥界之花"。

喊泉

贵州黔东南黎平县顿洞村有一口神奇的山洞，只要有人对着洞口喊一声："羊公公给口水喝！"洞口马上就会涌来一股水流，清澈可口，有一桶那么多。远处的好奇人士都来试验，无不奏效。

芒种

大道无形，不可见，也不可不见。古人出行和办事都要挑选良辰吉日，成为习惯。正月栽竹、二月栽树是人们积累的宝贵经验。农历有一个节气，叫作芒种，仅有一天，或早或晚都不行。所以农人种植庄稼都要讲究按照节气播种，这样才能种活种子，实现收成这是第一步。

怀胎井

云南有一男一女两口怀胎井，起源于一个泉水送子的传说，此水非凡水，水温最高达到八十八摄氏度，女子喝了就能怀孕。远近前来求子的女客络绎不绝，满抱希望，因为去那里取水喝下的女子都会带来福音，让人感谢那口井的造化。

陨石

浙江嘉兴鱼塘坠落一颗篮球大小的陨石，市场价格贵，不知价值几何。云南西双版纳曼桂陨石，有几十公斤，交易价格两百元每克。陕西马子川陨石，只有三块，总重量三公斤，交易价格千元每克。传说天上坠落的九天玄月石是最珍贵的，表面银白色，可以用来打造战甲饰品和头盔宝器。

阎王

包拯生来阎王脾气，面黑如炭，额上有弯月，一闭一合，能遥查千里，而且专司断案，铁面无私，他应该是日审阳夜审阴的阎王爷！怎么史记小说电视剧都说他是文曲星呢？曹雪芹文采斐然，写《红楼梦》可谓字字珠玑，才是真正的文曲星嘛！

竹子结果

竹子开花，大家都听说过，也见到过，还编成了歌曲。竹子结果，没有人看见过，甚至没有人听说过，但是真实地出现了。竹子居然能结果，果实还长得很像青色的椰子，个头还有点大，至于能不能吃，还没有人去亲自品尝，相信会有人一饱口福。还有稀奇的事情，那就是作者老家门前的一棵大树被砍倒之后，一直流出红色的血液，流了好多。

人面鱼

云南出现一尾黄色的人面鱼，看到的人吃惊不小，毛骨悚然。老龙湾也有一条金黄色的人面鱼，很多人慕名而来，看它在水里的金鱼丛中，与众不同。据我所知，还有人从海里捕获到非常奇特的透明鱼，还有游客在杭州灵隐寺拍到发光的锦鲤在池中游弋。

怪坡

福建厦门有一条奇怪的公路，引起人们的认知困惑。如果有人在这条公路上放一个啤酒瓶，啤酒瓶就会不由自主地从下坡往上坡滚动。在没有助力的情况下，物体从低处向高处做逆向运动，这是什么原理呢？

日晕

日晕比日食出现的次数往往会多一些，更有日下有小日的景象，代表的通常是天文。有一次，我在回春堂开处方，忽然有人说快看天上，我跑出门去，抬头看见太阳周围起了一个彩虹围成的圆圈，也就是日晕。此乃吉兆，或许上天想说明什么。相反，有时候天空出现的不是祥云，而是地震云，那是因为地震频繁，相比之下，这个世界的火山喷发也比较频繁。

天鼓

近日人间安宁无事，万里晴空突然传来几声巨响，好几个不同省份地方的人们都听到了响声，爆破音将窗上玻璃震动得仿佛要粉碎。据说这是"天鸣"，又称为"天鼓"。诗仙太白的《梁甫吟》写道："我欲攀龙见明主，雷公砰訇震天鼓。帝旁投壶多玉女，三时大笑开电光，倏烁晦冥起风雨。"

蓝猫

蓝猫以前是稀有品种，现在已经很普遍了。它的通体在蓝天映衬下呈现出灰蓝色，眼珠子滴溜溜地在夜里能看清周围物体。据说有种猫很名贵，世所稀有，那就是金丝猫，它并不起眼，但是它的毛发在阳光照射下会散发出金色的光芒。

火烧云

作者在童年时候，一天傍晚忽然看见天空的云彩仿佛着火了，变成了彤云朵朵，有红色的、紫色的、黄色的、金黄色的，五颜六色，形状有像一匹马的，有像一条狗的，姿态各异，都在变化运动。地面上的房子全都变成了红色的紫色的黄色的，人们的脸色也变了，小孩的脸色是红彤彤的，老爷爷的胡子变成了金黄色的。后来，我的知识多了，方才知道那是"火烧云"。

洞仙歌

清兮泉水吟，悠悠我之心。碧海无波，潮音来相催。

莫失莫要忘，把心交给对方。

磐石无转移，恩爱永不离弃。

回眸多惆怅，记忆随风飘走。

玉带挂在林中央，不敢相忘。

钟乳滴清音，人间鸣漏断。玉绳星转，水殿暗香满。

庄严珊瑚枕，大士慈悲泪。洞中千年，南柯一梦醒。

雨兮紫竹泪，净瓶生年华。水莲花开，再续前世缘。

莫失莫要忘，把心交给对方。

磐石无转移，恩爱永不离弃。

回眸多惆怅，记忆随风飘走。

玉带挂在林中央，永不相忘。

无边丝雨细，拈花强说愁。红斗帐底，昨宵卧鸳鸯。

弹指西风来，两小无疑猜。洞中千年，南柯一梦醒。

龙宫调

微卷珠帘海宫深，碧影沉沉，梦中又见梦中人。

请跟我一起，走遍海角天涯。

雨滴石头穿，我的痴心不改。

哪怕在人间，也要爱到白头。

也羡鸳鸯也羡仙，天也感动。

鲛人有泪泣成珠，沧海月明，相隔千里共此时。

珊瑚镜开相思满，沉鱼落雁，笑看这段红尘路。

东海缺少白玉床，心思忧忧，种得蓝田玉一双。

请跟我一起，走遍海角天涯。

雨滴石头穿，我的痴心不改。

哪怕在人间，也要爱到白头。

也羡鸳鸯也羡仙，天也感动。

铁莲花开路难行，满目风波，别问前缘我是谁。

龙宫石枕瑞脑香，紫竹中央，醒来只是梦一场。

后记　阳台花絮

我从小喜欢在自家阳台上绘画，虽然说房地资源不足，但是心境无限，还是可以自娱自乐，画出理想住处，说说喜欢住什么？楼台，画舫，水坞，高阁，竹窝，棋社，氧吧，山居，合院，池馆，凉殿，小筑，仙洞，官府，农家乐，别墅，花园，田庄，雨轩，茶房，聊斋，画所，灯厅，酒肆，客栈，堂口，茅舍，琴行，黄庭，营帐，灯棚，民宿，柳宅，陋室，书庐。天黑之上，不小心暴露出自己的星宿？卫星管理制造品，普通星管理人事。我们其实都是"幸运星"，才能够呼吸新鲜的空气，晒着金灿灿的阳光，无论住什么都过上了主人的生活！

古人说，天圆地方。太阳由东往西，西方有尽头吗？棋子黑白，人亦如此。罗盘针指向南方，炎热与冰雪不分界限，谁能目睹神秘奇幻的北极光？往北方走，会出现极昼吗？往南方行，会发现极夜吗？十方三界，我选择跟着光，成为光，散发光！

其实我小时候并不聪明，上天启示我折叠过八仙过海的火柴盒，还坐过八仙桌吃酒宴，说明我命中有仙缘。我看过电视剧《东游记》，讲吕洞宾想拥有万年法力就必死至亲至爱之人，韩湘子想成仙就必须经过五雷轰顶，他们最后舍己取义，得道救度！命苦的我们，有他们那么苦吗？其实每个人都在命运里斗争啊！如果是带天命的明星呢？那需要有品格和本事，且让我列举一位：

《新白娘子传奇》里面的戚宝山乃凡人武道巅峰，屡次相救文曲星，背景值得深挖：宝山以凡人之躯单挑妖界霸主金钹法王，无师自通，武

学自成一派，会念驱魔法咒，不惧妖魔鬼怪，镇住金钹法王，有这种天赋神通，绝不是凡间普通的山野猎户，宝山刚登场拉弓射大雁，差点让许仕林从树上坠下摔死，幸好五鬼在暗中保护，许仕林醒来以后，宝山说有不干净的东西，说明他有阴阳眼能看见常人看不见的东西。当宝山与仕林来到清虚观，他看出观主是妖魔所变，用计让观主现出真身，竟然是金钹法王所变，随即与之大战，虽然他处于下风，却也不辱凡人第一高手的威名。既然不是普通人，必有过人之处，能于实战中弥补不足，积累经验。第二次青龙山之战，宝山比之前还要强大，剑法高明，肉身更加强大，有来有回，竟然毫发不伤，带着仕林去进京赶考。要知道有五百年道行的胡媚娘连金钹法王的一击都扛不住，练武多年的李公甫和两个捕快不是被打伤就是被当场打死。从种种迹象来看，宝山的武功是天赋加成，自然觉醒。巧合的是宝山与许仕林兄妹还有陈玉娟兄妹都是同一天出生，后面几位来自天上，不是文曲星就是并蒂莲，由此猜测宝山也来自天上，有可能是武曲星转世，下凡助文曲星和紫微星历劫，在原著《白蛇传》中，宝山的原型徐梦龙真是武曲星转世，八岁时被九天玄女带回仙山收为弟子，玄功大成后下山报效朝廷。

云停过月下一方松堂，纵有楠木如盖遗凉。今夜，秋月未央，雨露甘竹，西窗落寞，帘卷残红。案上堆叠的书稿渐次染上龙涎的余香，更有灯影幢幢，慰我无眠，外面万籁俱静，虫声唧唧，赶走寂寥，让我工作之余完成了室内禅修，自己的先天灵性得到开悟觉醒。我用智慧之光熬夜抵抗，阅读古代圣贤李商隐的诗句，不由得对他心生感慨：

> 功力有多强："虚负凌云万丈才，一生襟抱未尝开。"
>
> 感情有多深："春心莫共花争发，一寸相思一寸灰。"
>
> 劳苦有多重："归来辗转到五更，梁间燕子闻长叹。"
>
> 容貌有多美："多羞恰似钗上燕，真是惭愧镜中鸾。"
>
> 远见有多高："刘郎已恨蓬山远，更隔蓬山一万重。"
>
> 用心有多专："东家老女嫁不售，白日当天三月半。"

怀念有多真："梦为远别啼难唤，书被催成墨未浓。"

怨恨有多久："从来系日乏长绳，水去云回恨不胜。"

生活有多好："蜡照半笼金翡翠，麝熏微度绣芙蓉。"

流离有多难："君问归期未有期，巴山夜雨涨秋池。"

相思有多长："此情可待成追忆，只是当时已惘然。"

失望有多苦："来是空言去绝踪，月斜楼上五更钟。"

悲伤有多惨："青袍似草年年定，白发如丝日日新。"

　　李商隐写的诗晦涩难懂，应该有后学者的杜撰成分，他凭一己之力，向思想宇宙开辟出了文字的大境界，值得研究。我写的一首诗《净水咒》，感恩被收录入佛教网，也算小有成绩。当代文坛能称得上开宗立派的人物首数金庸，博大精深，自成体系，大师风范，轻松一招"降龙十八掌"打败西方进化论！金庸曾把所创作的小说名称连成一副对联："飞雪连天射白鹿，笑书神侠倚碧鸳。"阳明心学、金庸武学都是学界支流，靠各位后学发扬光大！

　　这些年出任何作品都有亏本的风险，希望用我的书养活一些人，等待时机成熟，实现新的计划。我完成创作，打算一袭青衫云游四海与太虚，追寻生命的本源。我不止一次登上凤凰山寺庙的钟鼓楼，看满座城池皆为花海盛开，匍匐在我的脚下。终于苍天不负有心人，白日飞升，遥远处就是世界的边缘——四川凉山州龙头山雷波大断崖！滚滚红尘烟云，尽在眼底！看那神仙一座山都是供奉谁？

灵山：释迦牟尼	泰山：碧霞元君
黄山：轩辕黄帝	华山：三圣母
乌山：吕洞宾	雷公山：雷公
终南山：太乙天尊	冠豸山：伏羲
九嶷山：舜帝	翠屏山：哪吒
齐云山：丘处机	苍岩山：三皇姑
花果山：孙悟空	长白山：五大仙

凤凰山：关二爷	鸡足山：迦叶尊者
峨眉山：普贤菩萨	九华山：地藏菩萨
青城山：太上老君	白云山：云霄娘娘
清源山：西方三圣	天台山：智者大师
天目山：韦陀菩萨	衡山：火神
庐山：慧远大师	嵩山：达摩祖师
盘山：盘山大仙	恒山：张果老
天山：西王母	武夷山：彭祖
鸡公山：济公	三清山：葛洪
神农架：炎帝	老君山：老子
雁荡山：诺矩罗	龙虎山：张道陵
梵净山：弥勒佛	福陵：猪八戒
千佛山：药师佛	石笋：铁拐李
五台山：文殊菩萨	普陀山：观音菩萨
武当山：真武大帝	琅琊山：玉皇大帝
五指山：女娲娘娘	太姥山：太姥娘娘
罗浮山：道德真君	太白山：太白金星
天柱山：禅宗僧璨	丹霞山：禅宗惠能

　　人没有前世的记忆，显然是盲目的，所以规划和预计显得尤其重要。做好一个人，做好一件事。我写书就要先考虑要砍倒多少树，用来做成纸张，我能弥补的是写有用一点的。时间，不管你怎样珍惜，都会流走；轮回，不管你是否相信，都在运行。珍惜现在吧，书有一天也会风化。

　　在此，我要感谢自己多年创作的辛苦付出！感谢国研老师的倾力推荐！感谢蔚兰星影业的知遇之恩！感谢周氏家族的亲切厚爱！感谢中联华文的精心策划！感谢广大读者的鼎力支持！另外，我还要告诉有缘人：依旧青衫在，散落在人间。我们仿佛就是下凡的神仙，临在方式应该是渡劫和救世。从前我们相聚在新浪，至今我还记得部分网友的网名：

白衣萧郎（梨花阁）【玉屏洞箫】，青衫客（回春堂）【紫霄铁笛】，伴云来（丝绸庄）【大罗宝扇】，小春闺（花街）【宫灯】，桂花香（酒坊）【九龙杯】，泰和午阳（未央宫）【火焰枪】，陌上红颜（绣花厅）【风月宝鉴】，陌上寒烟（胡玉楼）【安魂枕】，江南冠侯（西湖）【玲珑炉】，琴瑟玉颜（音乐行）【梅花萼】，大唐公子（圣贤书院）【黄金屋】，碧水婵烟（冷月凉殿）【玉如意】，吟成豆蔻（叠石花谷）【锦囊】，布衣书生（落红轩）【五彩笔】，半面妆（青丘）【还魂珠】，题帕三绝（碧纱橱）【绫罗纱】，漫秀锦瑟（画坛）【水磨印】，岫影云心（鱼庄）【烧焦琵琶】，天阁雷公（荷泽）【大力锤】，法眼花童（勾栏）【芙蓉篮】，满天星（文昌塔）【拂尘】，红尘摆渡（桃花源）【紫竹篓】，止观精真（水月庵）【白玉签筒】……

八卦棋

含义：修仙道。棋子共计40颗，分两种颜色。

方法：外面落子，中间出山。

双方先一颗一颗地落棋子，四颗或以上棋子连成线后，同时可以走其中的任意一颗吃掉对方的一颗棋子，如果吃不到对方棋子就让对方落棋子。

单方或双方棋子落完后，需要一步一步地走棋，四子飞吃任意一颗。

太极不可以落棋子。太极之中共有两个棋子位置。棋子走入太极其中一半后，可以跳到太极外面任何空白位置。

最后，棋局以双方棋子多少定输赢。

方圆棋

含义：夺城池。棋子共计 40 颗，字的颜色分为两种。

单方水火木兵各 4 颗，水火木将各 1 颗，铜人 2 颗，石车 2 颗，王旗 1 颗。

方法：四面埋伏，王旗入城。

双方先摆暗棋于交界处。翻棋子决定自己的颜色。然后走棋子或继续翻棋子。棋子走入棋局中间的圆圈后，可以攻击，不可以被攻击。

将可以吃任何兵，兵不可以吃任何将。

水吃火，火吃木，木吃水。水兵将对消水兵将，木对消木，火对消火。铜人与铜人可以对消。石车与石车可以对消。

铜人和石车不可以扛王旗。铜人可以吃兵将。石车可以灭铜人。兵将可以灭石车。

王旗不可以自动，不可以吃子或被吃。可以占领对方王旗，但是不可以扛走对方王旗。兵或将扛自己的王旗插入对方城池圆心为赢。

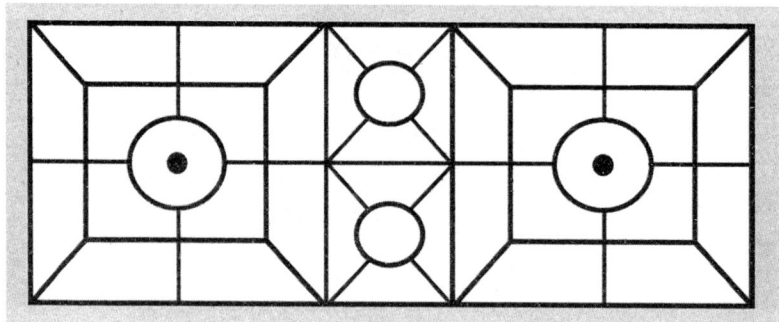